明天，我想和你談戀愛

In Love With You

米琳 著

妳只需要勇敢地向我跨出一步，
剩下的九十九步，都由我來走。

心動的概率

午休時段，身為糾察隊員，我盡責地巡邏完二樓高中部的教室，正準備上樓時，突然被一抹竄出樓梯間的身影撞個正著。

原本我應該會向後倒下，卻因著一股環抱於腰椎處的力道而往前傾，迅雷不及掩耳之際，我連對方的長相都沒能看清楚，唇瓣就已先擦過他冰涼的嘴角，落在酒窩處，如果他笑起來有的話……

我的鼻息，噴吐在對方的臉頰上，那人摟著我，似乎感到錯愕，定格了幾秒，才回過神地把我拉到一旁牆角，二話不說抬手摀住我的嘴巴，俯低身子，並在我耳邊發出一道細微的聲音，好聽但略帶稚氣地說：「噓……別說話。」

撲通、撲通……我心跳如雷。

熱呼呼的體溫，烘得我臉頰發燙、腦袋發暈。

我屏住呼吸，睜大雙眼，愣愣地看著他，一時忘記眨眼，也忘了抵抗。

待三樓樓梯口處傳出的騷動漸歇，宛如地毯式搜尋的腳步聲遠去，他才放開我。

我微喘著氣，稍微拉開距離，將高出我一顆頭的男孩看個仔細，從那張白淨帥氣，卻仍顯稚氣的臉龐，到那右胸前上繡著的藍字校名以及學號。

國三……這傢伙才國三就長這麼高了！

不對，現在這不是重點，重點是——「你怎麼會在這裡？」

男孩先是面無表情地睨著我一會兒，接著扯開燦然的笑容挑眉反問：「學姊，妳認識我？」

我僵硬地嚥下口水，瞄眼他左胸前繡的姓名，居然還傻傻地讀了出來：「白、逸。」

「楊、朵、朵。」他有樣學樣地看著我胸前的名字照著念，又發現我手臂上的糾察隊徽章，喃喃自語：「現在高中部的糾察隊員，都這麼小隻嗎？」

我皺眉，對上他的眼低斥：「沒禮貌！叫我學姊！」而且，誰說我小隻的，明明就是你發育得太好了！

見他伸出食指在唇尖比了個噓的動作，我才驚覺自己講話太大聲了，壓低音量回答他：「我才不認識你。我是在問你，為什麼會跑來高中部？」

「我來高中部的美術教室畫畫啊！」他理所當然地說。

「你們國中部也有美術教室。」

「我跟朋友們打賭輸了嘛！」他笑著聳聳肩，「我選擇大冒險。不過這也太容易了，根本難不倒我。」

他一個勁兒地衝著我笑，害我有些心神不寧，「誰管你選了什麼……」

我嫌棄自己沒用，因為對方長得好看就魂不守舍的，咬唇懊惱地瞪向他，「本來午休時間，就應該待在教室裡。」

「我知道啊。」

所以，這就叫明知故犯吧？

「那你還——」等等，我好像知道剛剛發生什麼事了，「你剛才跑得那麼急，原來是在躲教官！」

「當然要躲啦，難不成還等著被抓啊？」

我閉了閉眼，抿緊唇，忍住咬牙切齒的情緒。

小、屁、孩！

但有人不會看人臉色，在這節骨眼上，還那壺不開提那壺，「話說，學姊……我們剛才，是不是接吻了？」

聞言，我心驚膽跳地低喊：「那不算！」霎時臉熱、脖子和耳根全都紅了，還差點抖落拎在手裡的登記板。

他一臉覺得新奇有趣的模樣，笑咪咪地靠過來，「那怎麼樣才算？」他把臉靠得更近，要我示範。

「不、不知道啦！」我慌張地推開他。

他雙手插進褲袋，樂不可支地揚了揚下巴，「妳看，妳臉好紅。」

我摀著臉，「你快回教室去！」丟下這句話後，頭也不回地快步離去。

本來還在思考要不要向教官檢舉他，結果被他那麼一鬧，我真巴不得此生與他再無交集，決定徹底將他這個人拋諸腦後。

只是，我從來沒有想過，在那心動的零點一秒，心律到達一百二十的某個瞬間，會成為誰的命中注定……

第一章　朵朵學姊

我們都有特別想變成某個人的時候，比如哪個，比自己還要優秀的人。卻忘了去欣賞自己美好的一面，忘了把自己變成那樣獨一無二的人。

自我和姊姊懂事以來，最常聽見老媽掛在嘴邊的一句話就是：「人生如戲，戲如人生。」比如我小姑姑當年那場戲劇性的婚禮，結婚流程進行到一半，新郎就和初戀情人跑了，留下小姑姑這個新娘，除了要獨自面對受邀賓客們同情的眼光，還得承受丟失父母顏面的愧疚。那次留下的陰影，造成心傷多年未癒，身邊的男友總來來去去、一個換過一個，全都是因為恐婚才分手的。

從小到大，我和姊姊最喜歡長得漂亮、個性活潑又開明的小姑姑，不管到幾歲都保有一顆赤子之心，發現什麼新奇有趣的事，或是要和男友去什麼好玩的地方約會，總會帶上我們，絲毫不介意身後跟著兩個屁顛屁顛的小鬼。

直至三年前，小姑姑遇見了一個日本籍的男人，我還記得，當初她提及對方時，臉上那眉飛色舞、幸福的模樣，她甚至用「命中注定」四個字來描述他們的愛情，論及婚嫁終於不會再是她的惡夢，就連約會也不再帶上我們了。

去年底，小姑姑跟男友到日本定居，上個月電話打來，老媽邊煎魚邊挾著無線話筒大聲嚷嚷著「求婚」二字，驚訝得彷彿聽見什麼不可思議的奇譚，而坐在客廳的我和姊姊都很淡定，彼此心照不宣，只覺得那是遲早的事。

讓我們比較訝異的，反倒是老媽居然把魚給煎焦了，那晚是我們長那麼大以來，頭一次吃焦掉的魚，還是出於某位自稱食神的人之手。

人生如戲，戲如人生。

現在回想起來，在我不長不短、規矩的二十幾年青春歲月裡，發生過最脫序的一件事情，應該就屬高三時那個——不算初吻的擦邊球之吻了吧？

雖然，對於記憶人臉有障礙的我，現在連對方叫什麼名字、長什麼模樣都幾乎沒印象了，而且，那也著實稱不上是什麼轟轟烈烈的事蹟……

可平凡又有什麼錯呢？

儘管我天生媽媽性格、勞碌命，時常願意為好友們肝腦塗地，對喜歡的人更是做牛做馬也甘之如飴，說白一點，就是愛照顧人，喜歡看別人因為我的付出而開心的樣子，但我總有追求幸福的權利吧？

那些我曾經暗戀過的男孩子，每次都在我考慮著要不要告白之前，就先替我貼上了母性標籤，那一句「楊朵朵，我覺得妳好像我媽」遠比「妳是個好女孩」、「謝謝再聯絡」都還要來得讓人心寒。

回想當時，我和交情不錯的男性友人抱怨，對方單手托腮，微笑看著我說：「誒？妳錯了，媽媽也是母的，只是不會讓人想談戀愛而已，因為缺乏心動的魅力。」

那一席話，跟詛咒似的，糾纏我好多年。

原本我以為，自己這棵鐵樹，大概要等到熟齡後，靠著相親才能開花了，孰料，成為大學新鮮人那年，我遇見了一個喜歡的男生，經過我鼓足勇氣、努力追求——終於，我成功脫單了！

開學首日最後一堂的下課鐘聲，把我自悠遠的思緒中拉回神，一旁的蕭芷綺拍了拍我的肩膀，手指窗外，「誒，妳老公來了。」

我順著方向投去一眼後，便凝住神色，迅速地轉頭看往另一端靠窗位子上的人。

蕭芷綺微瞇起眼，靠在我耳邊低語：「會擔心吼？嘖，妳到底什麼時候才能省心？」

心思昭然若揭，令我感到困窘，我輕咬下唇，無聲默認。懂我如她，自然曉得我在擔心什麼。

「喔喔——有人來了！是為了看王薔，還是來接女朋友的啊？」班上其中一位男同學促狹地笑問，他說話的嗓音不大不小，剛好教室裡多數同學都能聽見。

幾名知情人士紛紛推了他一把，假意好心地制止道：「喂！你別鬧了啦！」但其實各個眼中，都閃爍著看戲的興致，言語間也似有起鬨的意味。

王薔與我的視線在空中交會，她的眼神向來如此，充滿著勝券在握的自信，而驕傲掩藏在美麗的皮囊之下，竟成了討男人喜歡的嬌氣，和女人獨有的風情。

我的信心，在像王薔這樣精緻的女生面前，脆弱得不堪一擊。

應對那些嬉鬧胡話，王薔非但沒有絲毫尷尬，反倒落落大方地開口：「當然是來接女朋友的嘍。」這番話，再度引起眾人一陣訕笑。

她分明很得意，卻裝作一副善解人意的模樣。其他人察覺不出，可她那點心思，從來就不避諱地顯露讓我知道。

他們不是當事者，自然感受不到這些揶揄背後，王薔說的每句話、每記眼神和笑容意味著什麼。那之於我而言，實在是啞巴吃黃蓮，有苦說不出。

蕭芷綺為我抱不平，沉不住氣地怒拍桌面一掌，從座位上立身，橫眉豎目地瞪向那名不知好歹的男同學，「你找死是不是？」

和男同學一夥兒的友人見狀，趕緊扯著他的手臂往教室外移動，出言緩頰：「是呀是呀，有些玩笑是開不得的。」

王薔則是笑著朝我走來，故意地問：「朵朵，妳不會介意吧？」

我搖了搖頭，嘴角生硬。

她抬手撥動披於肩後的波浪長髮，嬌豔迷人的姿態，令周遭看戲的同學們紛紛露出欣羨的神情，讚嘆聲此起彼落：「王薔真的好正！」、「美翻了。」、「不愧是系花。」

蕭芷綺不屑地瞪著王薔款步離去的背影，低聲咒罵：「好一個綠茶婊。」

我失笑地拍拍她的手臂，安撫道：「好啦，妳別氣了。」我知道她是仗義，見不得我被人欺負。

「難道妳不生氣嗎？」蕭芷綺仍然怒氣難消，「王薔剛剛根本就是故意的，她明明知道——」話未完，她目光落至窗外那兩道正在交談的身影，更加光火地再度飆罵：「賤人！」

王薔在走廊上和我男友邵彥文旁若無人地聊著天，那一顰一笑盡是刻意做出來的神態。她原本就充滿女性魅力，有時候為達目的，說話的語氣和臉部表情都會變得刻意且不同。

我看在心裡不是滋味，卻又不想當個醋意橫生的女友，跑上去宣示主權，那只會讓我難堪而已。

「她完全不懂得避嫌耶！」蕭芷綺捏緊拳頭，咬牙切齒道：「明知道你們三個人之間的關係在系上傳得沸沸揚揚，當初那段時間，還成了同學們茶餘飯後的嗑牙八卦，現在好不容易妳和邵彥文修成正果，風波也逐漸平息了，她還要來搗亂破壞？」

其實，身為當事者的我也很無奈，但我又能如何呢？

當初是我自己選擇追求邵彥文，和他在一起的。

「王薔憑什麼這樣？她如果喜歡邵彥文，一開始答應跟他在一起不就得了？為什麼要在你們交往後，還一直在已經死會的人身邊打轉？」見那兩人還在聊，蕭芷綺氣到臉紅脖子粗，若非我拉著她，恐怕下一秒就衝出去幫我討公道了。

「妳說她是不是犯賤？到底聊夠了沒？邵彥文也真是的！明明是來接妳的，還跟王薔聊什麼天？他有沒有考慮過妳的感受？」

我苦笑不語。

誰不犯賤？

何止王薔，我也是啊……

就算知道喜歡邵彥文，會讓自己落入此番境地，還是將一顆心慘賠了進去。

當年身為大學新鮮人，原本只是拗不過學長請託，答應加入冷門到快倒閉的音樂欣賞社當幽靈，卻在社團首次的唱歌團康活動、KTV包廂裡，對初見的邵彥文一見鍾情。

至今我仍然清楚記得，邵彥文對我說的第一句話：「妳是不是，也被抓來當分母的？」

那無奈又好笑的神情，和他乾淨斯文的樣貌，與鄰家大哥哥的暖男氣質格格不入，卻在我的情緒中產生了怦然心動的化學作用。

第二次他令我印象深刻，是我們在校門口對街的飲料店巧遇，他拿著剛從店員手中接過的飲品，見我一臉詫異地盯著他看，難為情地問道：「男生喜歡喝草莓奶昔會很奇怪嗎？」

我愣愣地搖頭，覺得那樣的他十分可愛，投其所好地笑說：「不會，我也很喜歡喝草莓奶昔。」

後來，我們漸漸熟識了。我這個人沒什麼優點，少數之一就是不會給人距離感，隨和的性格特質，和邵彥文溫柔體貼、不擅拒絕別人的個性一拍即合，我們在價值觀和對許多事情的看法上也都很相近。交換LINE後聊沒幾天，就變成了無話不談的朋友。

我也因此知道了他埋藏的心事。

雖然邵彥文喜歡王薔，是系上公開的祕密，可多數同學只知道他喜歡她，卻不曉得，其實他是從小就喜歡她。

他們青梅竹馬的關係，只有我曉得，因為王薔要求邵彥文保密，即便大家都清楚邵彥文對她的心意，她仍不希望他們之間的連結，再被貼上其他標籤。

當年王薔剛入學不久，就把目標鎖定在一個大三法律系，校園風雲人物之一的學長身上，她處心積慮地製造和對方的偶遇，耍了不少手段，卻沒能得到對方的回應。她把許多負面情緒發洩在邵彥文身上，無理取鬧地責怪他，說都是因為他喜歡她，沒有和她保持距離，才會被那位學長覺得她水性楊花不夠專情。

邵彥文單戀的滿腹心酸，都由當時的我吸收了。而我即便知道他愛著王薔多年，仍是一無反顧地深陷其中，甚至做出生平頭一次的大膽決定——主動追求邵彥文，照三餐對他噓寒問暖，成天圍著他打轉。

我為邵彥文的痴心感到不值得，為只有我看見他的好而心疼，我想讓大家知道我喜歡他，是因為他是一個很好、很值得喜歡的人，就算因此被當成茶餘飯後的笑話，被說自不量力，我也不介意。

可能，我追求人的方式，這麼多年來都沒什麼創意，只會無怨無悔地付出，在他有需要的時候出現，試圖以笨拙的方式打動他的心，甚至壓根兒沒妄想過有一天會成功。

但未曾想，大三那年情人節那晚，邵彥文會捧著一束玫瑰，站在我家門口，溫柔地笑問：「朵朵，我們交往好不好？」一切不真實得像在做夢，當下我用力點頭，感動得痛哭流涕。

而那份流竄在胸臆的幸福感，至今銘心。

只是我曾經以為，苦盡甘來等到的愛情會很美好，豈料，有時候兩個人在一起，遠比一個人時更寂寞，即便我們交往了，我還是常常覺得是自己一廂情願……

愛情，究竟該是什麼模樣呢？

是像我和邵彥文之間這樣嗎？

「好啦好啦，妳別發呆了。」蕭芷綺在我面前彈指，催促道：「趕快收拾東西出去找妳男人吧！」

我點頭，把桌上的課本、筆記本全部掃進包裡，走沒幾步忽然想起一件事，「啊！對了，明天依照慣例，是不是要去認直屬學弟妹啊？」

蕭芷綺一個白眼，「妳不說我都忘了。」

我被她那副不情願的表情逗笑，「妳幹麼老是這樣？」每年要進行學校這項傳統，都好似要她的命一樣。

「妳說景大的這項傳統是不是很煩？人各有命，學弟妹自有學弟妹的命，憑什麼要我們照顧他們呀？」蕭芷綺坐在桌子上，一隻腳還掛在桌角，坐沒坐相，一點女孩子家的氣質都沒有。

我走回來，把她的腳給撥掉，「真難看。」

「認了又怎麼樣？現在二、三年級的學弟妹們，也都不怎麼需要我們了，根本就沒再連絡了呀！」蕭芷綺繼續碎碎念，「不就是討個表面好看，在認學弟妹時，同系、各個年級學生證上，學號末兩位數相同的學生們可以齊聚一堂，擺出一副和樂融融的模樣，再給學校側拍幾張照片，拿去做公關，當作招生的噱頭之一……」

我忍不住笑出聲，她抱怨連連的表情，每次都讓我覺得特別有趣可愛。

「妳笑屁！」她鼻孔噴氣，瞪了過來。

「笑妳坐沒坐姿。」

「我又不是第一天這樣了。」她撇嘴、擺了擺手，不甚在意，「妳快去找妳的男人吧！免得被拐跑了。」

王薔要拐早就拐了，哪還輪得到我和邵彥文交往？

我其實並不確定王薔對邵彥文究竟抱持著什麼心態，只是我始終無法理解，受到一個人真心對待多年，哪怕不喜歡，至少也不該將對方當成所有物、工具人。就好像我不喜歡你，但我不允許你離開我身邊，這之於邵彥文而言，一直是種慢性傷害。

思緒回籠，我拿她沒轍地搖頭，「妳就是這樣，周治平才會以為妳喜歡的是——」

蕭芷綺打斷我，「就讓他這麼以為最好，省得我麻煩。」

自大一認識蕭芷綺，她就一直是這副模樣，雖然有一個女性化的名字，但中性的穿著打扮四季不變，留著一頭乾淨俐落的短髮，白淨臉龐、濃眉大眼，散發出一股不亞於男孩子，獨特迷人的英氣。

許多人誤以為她喜歡女生，是蕾絲邊裡的男方。

就連建築系那個成天圍繞在她身邊打轉的忠犬小八，個性憨厚耿直的周治平，也都深信不疑，還曾經當眾告白：「蕭芷綺，雖然我知道妳喜歡的是女生，這輩子大概也不會變直了，但我還是喜歡妳，想對妳好。妳不用回應我，只要允許我在妳身邊看著妳就好，那我就心滿意足了！」他說得認真懇切，在場的人卻全都憋笑到發抖，隔天就上了學校論壇熱搜，圖文並茂轟動好一陣子，比起我的那點小八卦，更引人津津樂道。

身為唯一知情者的我，每次一想起周治平的傻氣，都不禁搖頭嘆氣。

事實上，蕭芷綺根本從頭到尾沒說過自己喜歡的是女生，她之所以打扮成這樣，且任由大家誤會，只是不想沾惹感情罷了。因為她曾經很喜歡的一個男孩，高中時在一次車禍意外過世了，她至今無法忘懷，不希望別人的身影取代他，所以才會如此。

當然，偶爾她調皮，會故意調戲女生，也是讓大家對她的同性傾向深信不疑的原因之一。我還曾經被誤以為是她欣賞愛慕的對象呢！

「朵朵，妳還沒好嗎？」邵彥文自教室門口探頭進來問。

蕭芷綺率性地甩上書包，雙手環胸，挑了下眉，「妳看，我就叫妳別讓妳男人等了吧？」

邵彥文走進來找我，溫柔地伸手托在我的腰後，向她打了聲招呼。

「現在才想到要進來找你女朋友？剛剛她被人欺負的時候，你在哪？」教室裡只剩下我們三人，蕭芷綺說話毋須忌憚，也就不太客氣了。

「王蕾都跟我說了，她說她有幫朵朵解圍。」

「她有解圍個——」她「屁」字未落，我忙拉住她的手，一記眼神之間的默契就讓她改口：「哎，算了、算了。」

「明天早上的課妳來嗎？」和邵彥文一同離去前，我問。

「不上。」

「剛開學就翹課。」我皺眉，「早八的課妳爬不起來為什麼還要選？」

「就是剛開學才能翹課。」蕭芷綺一臉精明樣，「再說，那門課的教授我太清楚了，不會點名、又保證能pass，我選課時都有打聽過的。」

「算了，那我們就約去認學弟妹時見吧。」

我和邵彥文牽手走出教室，他望著我平靜的面色，感覺有些欲言又止。

「怎麼了？」

「剛剛……教室裡發生的事情，讓妳很介意？」

我步伐一頓，內心升起一股感覺，一時半刻找不到貼切的形容詞，倒也不似表面上看起來這麼平靜。

「朵朵？」

我沒有生氣，僅淡淡地問：「你不尷尬嗎？」

「我和王薔之間沒有什麼，光明正大的，為什麼要尷尬？」

他從未站在我的立場想過，那些貼在我們和王薔身上的標籤：「明知邵彥文喜歡王薔，仍然一頭熱倒追的女人」、「以前總喜歡跟在王薔身邊的男人」和「曾經被邵彥文喜歡了很久的女人」，哪一點不尷尬？

但那些標籤對他們而言，根本不算什麼，因為三個人之中，為現在這段關係付出得最多、最不計後果的，是我。

這是我的決定，我並不怪他，我只希望在我們交往以後，至少……如果他能表現得再多喜歡我一點、熱情一點，看起來更幸福快樂一點的話，或許，那些揶揄我是備胎的言論就能少一點。

邵彥文伸手撫摸我的臉龐，輕嘆一口氣，溫柔地說：「傻瓜，不要胡思亂想，好嗎？」

他的溫柔中，總會帶有那麼一絲無奈。

就好像，他知道我很喜歡他，但這份感情他償還不起一樣。

可能是我們在一起的時間還不夠長吧……

日久見人心，只要我夠堅持，遲早他也會像我喜歡他一樣喜歡我的。每當夜深人靜，看見他固定傳來的晚安訊息時，我都會這麼安慰自己。

卻忘了，有些東西，不是光靠努力就可以的。

「我只是……因為喜歡你。」喜歡到有時候連自己都會覺得委屈。

「我知道。」他擁抱了我一下，再度牽起我的手往前走。

提交往的時候，他沒有說喜歡我，而現在，也沒有。

我拉住他，追著要答案，「那你呢？」

邵彥文低頭望著我，淺淺勾唇，「當然喜歡。」

喜歡有分很多種，家人的喜歡、朋友的喜歡、戀人的喜歡——然而他口中的喜歡，如此雲淡風輕，在心上根本落不了重量。

我搖搖頭，甩開多餘的思緒，揚起微笑問：「我們晚上要吃什麼？」

「妳想吃什麼？」

「義大利麵，好不好？」是他愛吃的。

邵彥文握著我的手緊了緊，「好。」

我對他的好，他是知道的，也經常會為此感動。

只不過，我在想，如果方才他說「喜歡」時，眼裡沒有閃過那一抹愧疚，該有多好……

♥

「妳和妳男朋友還好吧？」

我拿著湯勺盛玉米濃湯的手一抖，差點灑出來。

「哎，妳小心啊。」楊珞瞥我一眼，手裡捏著竹籤，在裝有鹹酥雞的紙袋內翻了翻，又起一塊米血糕放入口中。

我盛了一碗湯遞給她，「為什麼突然這麼問？」將煮好的水餃淋上醬油膏，再把桌面上散落的塑膠袋捆綁起來，整理到一旁後，我才在她對面坐下。

「我看妳今天回來時，臉色不大好。」

本來我和邵彥文說好一起吃晚餐，但傍晚我們在逛學校附近的商圈時，他臨時接到一通電話，便神色匆匆地說家裡有事要先離開，親了一下我的額頭便走了，而我什麼都還來不及問。

返家途中，我發了幾條LINE給他表達關心，但他都未讀未回，所以難免有點擔心……

「沒什麼。」我展笑，「我和邵彥文很好啊。」

「就憑妳那點演技？」楊珞不以為然，「要裝也裝得像一點。」

斂去唇邊的笑意，我忽然不知道該說些什麼，只好盯著滿桌的食物發怔。

爸媽去參加大學同學會，交代我們晚餐自理。我簡單煮了一鍋玉米濃湯和十五顆水餃，但楊珞嫌不夠又叫了外送，點了鹹酥雞和一些滷味加菜，結果現在反而分量有點多，我光看著就吃不太下了。

「妳下午不是還在家裡的群組說晚上不回家吃飯嗎？」

「本來是不回家吃的。」

「那怎麼又回來了？」楊珞喝著玉米濃湯，一臉滿足。

號稱食神的老媽，唯一承襲給我的優良基因，大概就只有一手好廚藝了吧。

「被放鴿子了。」我說。

「邵彥文放妳鴿子？」

「他家臨時有事，其實也沒辦法……」

「能有多大的事？」楊珞食慾不錯，幾句閒談間，已經嗑掉六顆水餃。「他有說嗎？」

「我問了，他還沒讀訊息。」

「那妳都沒懷疑嗎？」

「懷疑什麼？」

「懷疑他可能是因為什麼其他的原因——」

楊珞意有所指，但我不想往壞的方向去思考，「我相信他。」

她瞇起眼睛看我，也不急著再多說什麼，用筷子撥弄著盤裡的水餃，半晌才緩緩開口：「我是怕妳滿腔熱情，最後落得一場空啊。」

我聽在心裡不太高興，沉下臉問：「烏鴉嘴……妳就不能祝福我嗎？」自從我和邵彥文交往以來，她一直都沒說過什麼好聽的話，好像巴不得我們趕快分手似的。

「我當然想祝福妳。」楊珞一臉認真，「如果妳真的幸福的話。」

我握緊手中的筷子，悶不吭聲。

「爸媽不知道也就算了，但我知道，妳要我怎麼坐視不管？」

所以，怪就怪在我不該時常把和邵彥文交往後的種種戀愛煩惱，提出來和她討論，讓她知道那麼多事。

「那妳又能如何？」我抿脣，賭氣地抬眼看她，「我又不是妳。」

同樣身為楊家的女兒，爸媽把美貌和優秀的基因都遺傳給了大我四歲，堅強獨立、有個性又有主見的姊姊楊珞。

學生生涯裡，她一路從班花、系花到學霸校花，無一不被大家稱讚頭腦聰明、學習成績好、工作能力優秀，連談戀愛的經驗都比別人豐富。到了適婚年齡，更是不愁年輕有為、有車、有房想娶她的好對象，完全的人生勝利組。

上個月搬來隔壁的鄰居趙阿姨，初次到家中作客，和楊珞相處不到一小時，就誇我爸媽生了這麼個女兒是八輩子修來的福氣，然而一提到我，她沒能控制好表情，不小心嘆了氣。

果然是沒有比較，沒有傷害。

就算我自認條件不差，書也念得還不錯，但在美麗又能幹的楊珞面前，始終是相差了十萬八千里。

「妳不需要像我。」楊珞展笑，淺聲開口：「妳有妳的好啊。」

我斂住目光，淡淡地挑眉，「是嗎？」

「當然。」吃完水餃，楊珞動筷夾滷味，切換話題道：「妳知道女生在愛情裡，最容易犯的兩個錯誤是什麼嗎？」

「是什麼？」

「太沒自信，和太喜歡一個人。」

「我哪裡沒自信了……」

「妳不是一直很介意邵彥文以前喜歡的那個女生嗎？叫什麼來著？」她沉吟了一會兒，「王薔？」

我望著楊珞這張臉，忍不住在心裡比較她和王薔誰更美一些，發現真要選的話，我還是比較欣賞像姊姊這樣溫淡如水，清冷似寒冬中盛開的梅花一般，傲骨的美麗。王薔太嬌艷了，像俗世的牡丹，看久難免生膩。

「妳發什麼呆？」楊珞伸手在我面前晃了晃，「傻看著我幹麼？」

「看妳漂亮，不行嗎？」

她扯了一下嘴角，「我是很認真地在跟妳說。」

我咀嚼著水餃，含糊地開口：「唔……難道我不知道嗎？」

「妳還記得，妳剛和邵彥文交往時，我說過什麼吧？」

「強摘的果子不甜。」

「我記得。」我不以為然地哼笑，「但妳說的那句話沒有道理啊，當初是邵彥文主動提交往的，又不是我強摘的。」

「妳一定要讓自己走這麼辛苦的感情路就對了？」

「妳有沒有聽過梁靜茹的那首〈愛久見人心〉？感情是日積月累的，時間久了，他會對我全心全意的。」

「妳就這麼喜歡他？」

「邵彥文很好，我是真的喜歡他。」我垂下眼簾，淡淡地開口：「所以，妳不要再說這種話了。」

「妳那麼喜歡他，卻又這麼沒自信，遲早這份喜歡會被消磨殆盡，屆時他也要負起責任，因為是他沒能讓妳安心。」

「有句話不是那麼說的嗎？感情裡，先認真的人就輸了。」我勾唇，略微自嘲地道：「更何況，安全感應該是自己給自己的。」或許我早就輸得一敗塗地了。

「既然妳都想清楚了，為什麼還要愁眉苦臉？」

我聳肩，漫不經心地回：「可能我傻吧。」我只是覺得，邵彥文接起那通電話時有些不太對勁，走得也很匆忙，再加上聽了楊珞說的那些話，一時胡思亂想罷了……

「是真的傻。」楊珞終於放下手裡的筷子，也不知道是因為吃飽了，還是我讓她沒了食慾。她若有所思地低喃：「一輩子這麼短暫，何必要執著在一段單向的感情裡，受盡消磨呢？」

「沒有走到最後，妳怎麼知道不值得？」

她斂去那雙總是從容、不起波瀾，卻又彷彿能看透一切的清冷目光，沉默了好一會兒，才徐徐說道：「妳所相信的，不過是自認為值得的愛罷了。」

這句話，彷彿在我揪緊的胸口落下一道掐痕，我緩了緩神，轉移話題，「還剩下很多食物，妳要負責吃完。」

「吃不完就丟了。」

「浪費。」我不認同地擰眉，「留著給老爸當宵夜吧。」

楊珞不置可否地單手托腮，微揚唇角地說：「妳對感情也這樣嗎？因為已經付出了，所以覺得轉身離開是種浪費。」

我回視她，答不上話。

「朵朵。」她的眼神染上一抹柔和，欲言又止。

「怎麼了？」

須臾，她說：「兩個人在一起，是要互相的，而那份自信，也應該是對方給的。因為知道對方很喜歡自己，所以才會有談戀愛的自信，並因此感到幸福而綻放美麗。妳明白嗎？」

我本以為她又要說什麼不著邊際的話，結果沒想到，她是很認真的——像個姊姊。

「人家都說，戀愛中的女子，沉浸在愛情的甜蜜之中，會越發漂亮。」她感嘆地伸出食指，戳了戳我的額頭，「但妳怎麼看著就越來越憔悴了呢？」

「我本來就不是什麼嬌豔的花朵……」

「那難不成是草嗎？」

真是感性不過幾分鐘，虧我剛才還覺得有點感動。果然那份正經猶如浮雲，我還指望她呢……

「妳聊起戀愛經這麼頭頭是道，為什麼還要抱持不婚主義？」

「談戀愛和結婚怎麼能混為一談？」楊珞不可思議地瞪眼，像是覺得我在說笑，「能談好戀愛，不代表能維繫好婚姻呀！」

「連當初受到悔婚陰影，抱持不婚主義的小姑姑最近都想通了，妳還——」

「結婚太麻煩了，談戀愛多好，合則來不合則去，我才不想簽一只結婚證書，到時候不愛了，還得因為什麼道德義務，拖著一個僅存法律關係的同居人呢！」

有時候太有個性和想法，真不知道是好是壞。

之前過年，楊珞在家族聚會上說不想結婚時，難得爸媽沒有當場直接昏過去，而是笑得頗為勉強，表面裝得很開明，說女孩子家有想法是件好事。

我收拾碗筷，笑嘆道：「妳從小到大就是這麼我行我素。」

「妳從小到大就是這麼逆來順受。」她優雅地交疊著雙腿，臉上張揚著悠然自得的微笑。

所以，我多麼羨慕她……

我曾經渴望想變得像她一樣，可惜許多時候往往是天生個性使然，不是說變就能變的。

無論我多麼努力想讓自己變得漂亮、變得有自信，甚至奮發向上讀書，追隨楊珞的步伐考進國內數一數二的名校，但到頭來我仍然是我，骨子裡依舊是那個怯懦、逆來順受，不想讓人對我失望的傻女孩。

我站在流理台前利索地清洗碗盤時，身後傳來這麼一句話。

「不怕，姊姊會保護妳的。」

聽起來特別溫暖，卻也教人鼻酸。

不是所有事情，她都能保護得了我的，比如感情……

又比如，偶爾面對她時，我內心築起的那道，無法跨越的高牆。

邵彥文很晚才回覆訊息給我，說只是虛驚一場沒什麼事了，要我別擔心。

但有時候，正是這樣的如常，才會讓人變得更加無法心安……

♥

景帝大學一年一度的「認親」傳統，訂在每年新生入學開學日的第二、第三天，二年級以上的同科系學長姊們，會依照單、雙數學號，分別前往一年級菜鳥新生的班上尋找學號末兩位數相同的學弟妹，互相認識留下聯繫方式、客套寒暄幾句，大抵就是在學期間，若學弟妹有需要協助的地方，都可以找直屬學長姊們照應幫忙。

學校的公關部也會藉機側拍許多照片，作為推廣招生用途，並出動廣宣部製作特別節目，於校園廣播週推出特輯，在學校主殿堂的大型活動屏幕上為期七天持續放送。

下一屆即將退休的老校長，深以學校這項傳統為榮，每年新生入學典禮致詞都會提及，聽說很受家長們喜愛，但對於要依循傳統的我們這些學長姊來說，倒是頗有微詞，覺得大家是成年人了，自己照顧自己比較實際。

我和蕭芷綺都是單數號，依照規則，新生入學第二天要去認學弟妹。

行銷系教學大樓入口玄關處，此刻擠滿了熙來攘往的人潮，有些迫不及待的新生等不及學長姊到班上找人，便全跑來這兒湊熱鬧。

我穿過人群，躲到角落的柱子邊，一雙眼四處搜尋著蕭芷綺的身影。

不久，姍姍來遲的她，身旁跟著一個黏緊緊的忠犬小八。

「這裡、這裡！」我舉起手揮了揮。

她繃著一張臉走來，表情十足地不耐煩。

「妳怎麼啦？」我關心地問：「心情不好？」

「我覺得做這事很多餘啊！很麻煩耶！」

看來是對景大的這項「認親」傳統有諸多不滿。

「嗨，朵朵！」周治平神清氣爽地和我打招呼，他的好心情與蕭芷綺的煩躁正好形成了強烈對比。

「你怎麼也來了？」

「我是單數號啊！」

「但你是建築系的。」

「我先來陪妳們認學弟妹，等等妳們再陪我去。」

「啊？」這聽起來不像是蕭芷綺會同意的事，「這……」

周治平明白我的疑慮，連忙補充道：「芷綺同意了。」

「這倒不像妳。」我瞄了蕭芷綺一眼。

「那是因為他說他今年入學的學弟，聽說是以建築系榜首考進來的，十分優秀，而且還長得不錯，我覺得有點意思。」

「妳又不是那麼好奇的人。」而且某人剛才不是還嫌麻煩？

「我很好奇啊！」蕭芷綺古怪地瞥了我，「建築系榜首耶！」

的確，光是頂著景大建築系的光環，在業界就已經像是鍍了一層金，百分之九十的畢業就業率，更別說是榜首了。

「我還以為是因為他長得不錯。」我調侃道。

蕭芷綺衝著我笑得很恐怖，「哼呵，我是誰？」

「好、好，我知道，顏值在妳眼裡猶如糞土。」我馬上投降，不敢造次，「我只是以為妳不愛湊熱鬧嘛。」

「我喜歡湊別人的熱鬧。」她靠過來壓低音量道：「妳想想，周治平這隻小狗狗，有那麼一個優秀的學弟，怎麼可能罩得住？哈！我一想到那畫面就覺得很有趣。」

「妳真的很壞心。」周治平怎麼會喜歡上她的，還那麼死心踏地，我光是用想的就出一身冷汗。

我們抵達一年級教室外的走廊時，二、三年級的學弟妹們其實都已經互相寒暄得差不多了，因為大家平時都不怎麼聯絡，久久才見挺生分尷尬的，所以話也不多。

我和蕭芷綺這一屆的新生直屬都是學妹，個性皆十分慢熱，簡單打過招呼並留下聯繫方式，再勉強地閒聊幾句，讓公關部派來的人員拍幾張和諧的照片後，便各自散了。

「妳看我那學妹，一副怕我會喜歡上她的模樣，還保持距離咧！說話又那麼小聲，根本聽不清楚在講什麼。」我們走遠後，蕭芷綺忍不住抱怨。

「那是因為妳的表情看起來實在太不耐煩了。」

「有那麼明顯嗎？」她嘀咕：「妳是跟我太熟了，所以才看得出來吧？」

周治平跟在我們身側，傻笑地說：「芷綺長得帥，不是應該很討學妹們歡喜嗎？」

「我也覺得我在女生堆裡應該挺吃得開的。」她抬手摩娑下巴。

我笑問：「那妳剛剛幹麼不發揮一下魅力，這麼急著走啊？」

蕭芷綺一臉不屑，「本來學校這個傳統，就很沒意義啊，大概也就只有學長發現自己的直屬學妹長得漂亮或可愛時，才會覺得有意義吧，打著照顧之名行把妹之實。」

周治平點頭，跟著道：「像王薔新生入學那時，她的直屬學長們就挺開心的，一群人擠在教室外面只為了看她——喔！疼疼疼……」他話才說到一半，就被蕭芷綺狠狠地擰住耳朵。

「你說你是不是白目？講那什麼廢話！」

周治平後知後覺地瞄了我一眼，趕緊打住，支吾其詞地說：「我、我也是聽說的嘛……」

建築系雖然是景大最著名的科系，每年卻是少量招生，重質不重量，寧可招不到學生，也只錄取出類拔萃的人。

儘管人數少，但歷年來在實行認親傳統時，他們系所卻總是最熱鬧的，因為人才輩出，許多校園風雲人物也多半出自於建築系。

更何況，今年的榜首聽說還長得不錯，就更值得期待了。

「這裡人也太多了吧？」蕭芷綺左顧右盼，到處都是黑壓壓的一片人海。

「周治平，你的學弟到底是哪一個啊？」我問。

建築系一年級的教室外，聚集了一大群人，男女間比例懸殊，女生特別多，我猜應該是站在中間的那一個吧？

果不其然，周治平往我猜測的方向指去，「背對的那一個。」

蕭芷綺雙手盤胸，站到一旁空曠處，「那裡人太多了，我懶得去湊熱鬧，你快去吧。」

「那妳要等我啊！妳答應要和我一起吃午餐的！」周治平像個小朋友一樣要求蕭芷綺保證。

「知道啦知道啦！」她嫌他煩，像驅趕蒼蠅一樣要他快滾。

我笑出聲，真心覺得他們之間的互動很像主人和忠犬。

待周治平沒入人群，我勸道：「妳對他好一點吧，不然哪天要是他跑了，我怕妳會後悔。」

蕭芷綺扯唇，一派瀟灑，「跑了就跑了，有什麼好後悔的？我反而清淨。」

我搖頭，笑問：「妳不是來看建築系榜首的嗎？」

她冷眼環顧了一下場面，「本來是挺好奇的，結果看到這群人，什麼好奇心都死光了。」

我們隨意地搭話聊天，沒發現周治平領著一個夾帶超高人氣的男孩正朝此處移動。

待他們站定於前，我們也已經跟著被群眾包圍了——

「芷綺、朵朵，妳們看，他就是我這屆的直屬學弟……」周治平興奮地滔滔不絕介紹著，但我並沒有仔細在聽。

周治平身旁的男孩，比號稱一七五的他，足足高出快一顆頭，頎長身段、倒三角的黃金比例和大長腿，光是這樣，我就相信他有讓女孩們瘋狂的本事了。

這麼具有強烈存在感的一個人站在面前，實在太容易令人心不在焉。

「妳好，朵朵學姊。」

這句招呼聲落，迫使我抬頭與他對眼。

俊逸的臉龐，骨相深邃立體，比起大外雙的勾魂桃花眼，纖細狹長的雙眼線條更顯深情，他的右眼角下有一顆美人痣，而那對黑白分明、清澈的眼眸裡有著星辰……

一閃、一閃的，好像隨時都在對著人笑。

這哪裡只是長得不錯而已？根本是長得犯規吧！

但我以為比起我，他應該會先注意到蕭芷綺才對，怎麼是先和我打招呼呢？

剛剛周治平說他叫什麼來著？

哎，不管了！

我扯起微笑，簡短道：「你、你好，學弟。」

「妳不記得我了？」

我微啟乾澀的脣瓣，一時無語，錯愕地盯著他看，「嗯？」我們認識嗎？

我怎麼似乎……沒什麼印象……

「你們認識？」蕭芷綺來回地觀望我和學弟之間的反應，突然產生興趣地一笑，唯恐天下不亂地道：「哇，朵朵，這麼優秀的學弟妳早就認識了？」

「應該……不認識？」此話一出，那學弟瞬間掃過來的視線令我脊背發涼。

「妳不是吧？」蕭芷綺瞪大雙眼，靠過來咬耳朵，「這學弟又不是長得令人過目即忘的類型，妳不要告訴我妳對他一點印象也沒有？」

看久了發現他確實有些眼熟，可能——我們之前在哪裡見過？只是我記不太清楚了？

「其實我也不是很確定……」雖然在人家面前竊竊私語不禮貌，但無論如何，都不及我現在想不起來是在哪兒見過他來得尷尬。

周治平見氣氛不對，趕緊出面打圓場，「白逸學弟，你會不會認錯人了？」

白逸？

這個名字我是不是曾經在哪裡聽過？

「有嗎？」白逸目不轉睛地盯著我，都快把我的臉給看出一個洞了。

「我覺得我長得滿大眾臉的。」我揚起敷衍的笑容，順著周治平方才的話，開始自圓其說：「搞不好真的是學弟你認錯了，又或者，我們之前是有見過幾面，但應該不熟……」眾目睽睽之下，最好撇清關係，否則周圍那群虎視眈眈的學妹們會怎麼看我？

我可不想自找麻煩！

白逸瞇起眼，長音「喔」了一聲後，笑容燦爛地提醒道：「我們就讀同一所中學。」

我皺眉，「勤陽中學？」

白逸點頭。

好幾道眼神再度直逼而來，我感到前所未有的恐慌，連喉嚨都是乾的，「那個……」我偷偷拉住蕭芷綺的衣角。

她收到我的求救訊號，義氣相挺地伸長手臂勾住我的脖子，咧開笑臉，「我們朵朵的眼裡呢，除了喜歡的人或男朋友之外，是不會特別注意其他男生的。你們就算讀同一所中學，我看級別也差得滿遠的啊，不記得了很正常。」

蕭芷綺是我的英雄！

「男朋友？」白逸不著痕跡地挑了一下眉，但還是被我發現了。

剛剛蕭芷綺講那麼一大串話，他怎麼就抓這個字眼聽啊？

「呃，朵朵呢……有男朋友。」周治平傻乎乎地如實以告：「教育系的，也是四年級。」

這荒腔走板的場面讓我很想離場，而且我根本疲於思考為什麼白逸聽周治平說完後，臉色突然微變。

蕭芷綺很會看人臉色，有默契地跳出來圓場，「我餓了，食堂自助餐的炸雞腿每次都很快賣完，我要去搶，所以我們快走吧。」

「我也要去！」周治平急喊，匆忙跟上。

白逸喚住他：「學長！」

「嗯？」周治平茫然地回頭，「怎麼了？」

「你——」

白逸話還沒講完，周治平忽然一副恍然大悟的表情，「你也想跟我們一起去吃飯？」

你不是吧……

我忍下想一巴掌拍周治平後腦杓的衝動。

「你忘記留LINE給我了。」白逸微笑提醒。

「啊，對對對！」周治平掏出手機旋步回去，與他交換完LINE，即毫不戀棧地揮手告別，跑回我們身邊。

離開建築系後，蕭芷綺才開始評論起白逸那個人，「你剛才幹麼帶學弟來找我們？」

周治平眨了眨眼，無辜地說：「嗯？妳不是想看嗎？」

蕭芷綺無奈地嘆道：「你還真聽話。」

某人笑容滿面，只差沒有搖尾巴，求摸頭稱讚了。

「我們學校的建築系，自從幾年前出了那麼一個校園男神梁熙學長，雖然後來也有一些樣貌不錯的，但再怎麼看，應該也只有這屆的白逸學弟，才有機會承襲新一任男神寶座的空缺了。」

周治平點頭附和，「連男生都覺得長得帥的男生，應該就真的長得很帥了。」

「你在繞口令是不是？」蕭芷綺白眼，雙手盤在胸前，「我覺得，你們兩個應該身分對調一下，你站在白逸旁邊，看起來比較像學弟。」

「誰說的？」周治平挺起胸膛，自我感覺良好地說：「我覺得，自己還是滿有學長氣勢的。」

蕭芷綺皮笑肉不笑地潑冷水，「那是你的錯覺。」見我默默在旁一直沒出聲，她輕拍了一下我的肩膀，「朵朵，妳是真的不認識他？」

「嗯？妳說誰？」我抬眼回神，「剛剛那學弟？」

「對，白逸。」

我想都沒想便搖頭，「我對不熟的人，通常都臉盲啊，妳又不是不知道。」即便認識，我也不想自找麻煩和那樣集萬丈光芒於一身的人沾上邊。

蕭芷綺嘖嘖稱奇，「他長那樣妳還能臉盲，我真佩服妳。」

「他才一年級，我們差了三屆，就算以前真的就讀同一所中學，也是國中部和高中部，了不起頂多……幾面之緣吧？怎麼可能還記得？」

「那他為什麼一副好像認識妳的樣子？」蕭芷綺思索了一陣，驀地拍掌道：「啊！我知道了。一定是我們朵朵以前高中時，在學校很有名，所以他偷偷仰慕妳。」

我失笑搖頭，否決了可能性，「我又不是我姊。」

「幹麼這樣說？」她捏起我的下巴，左看右看，還故作一副色瞇瞇的模樣，挑了兩下眉，「在我心裡，妳最美。」

「好好走路！」我懊惱地撥開她作亂的手，同時瞥了一眼無聲跟在旁邊的周治平，怕他多心。「妳老是這樣，讓人誤會。」

蕭芷綺自討沒趣，無所謂地聳肩道：「算啦，我看白逸剛剛似乎也沒有很糾結，表示你們應該真的不熟。」

一進食堂，周治平就自告奮勇說要去幫蕭芷綺排炸雞腿，順便幫我買自助餐便當，讓我們先去找空位。

剛好有一桌同學要走，等他們整理掉桌面上的垃圾，我們便佔了座位。

「周治平是真的對妳很好啊。」

「妳羨慕？」蕭芷綺翹起二郎腿，滿不在乎地笑了笑，「那找妳男人去啊。」

我聽話地掏出手機，打算LINE邵彥文，問他要不要來食堂找我一起吃飯。

見我低頭傳訊息，蕭芷綺好奇地靠著我的肩膀問：「邵彥文這屆的直屬，是學弟還是學妹呀？」

「聽說是個學弟。」我未抬眼，動著手指打字，「不過他是雙數號。」雙數號都是開學第三天才會去認直屬。

邵彥文很快地回訊：「我和朋友們約好了要一起出去吃，因為下午沒課，等妳三點的課結束，我再回學校接妳。」

我才發完OK的貼圖給他，蕭芷綺忽然握住我的手腕，急切地指著一個方向道：「朵朵，妳看那邊！」

我們所在的位置，一眼望去便能瞧見食堂旁的小廣場，王薔和邵彥文以及他一群朋友們正走在一起，有說有笑的。

蕭芷綺瞄到我手機停留的畫面，臉色凝重地說：「妳最好問清楚，他是要跟誰出去。」

「都看到了，還需要問嗎？」

「那就直接跟他說啊！」

我神情黯淡地捏著手機，猶豫不決。

「楊朵朵，妳到底在怕什麼？」蕭芷綺無法體會我的心情，她認為既然有疑慮，就應該問清楚。

但我很害怕，我既怕邵彥文坦承地告訴我，又怕他會騙我。

這段感情，從一開始就是失衡的，是我爭來的，我不知道該如何理直氣壯。儘管以女朋友的身分待在他的身邊，但交往以來，我沒有一天心裡是踏實的……

「那我幫妳問。」蕭芷綺奪走我的手機，打了一句簡短的話後立刻送出，不給我反悔的機會。

「我看到你和王薔走在一起，她也要跟你去吃嗎？」

她阻止我收回訊息，邵彥文也很快就已讀，等了幾分鐘，他才回覆：「沒有，只是走在路上碰巧遇到，她下午有社團活動。」

我看著訊息，竟不爭氣地掉下眼淚。

我一直都怕邵彥文不夠喜歡我。原來，這份擔憂，從未自我心上卸下過……

周治平手持托盤，端著三盒便當找到我們，看見我在哭，什麼話也不敢說，默默地坐下替我們張羅食物。

我知道他有用嘴型問蕭芷綺我怎麼了。

但蕭芷綺只是邊安慰我，邊瞪了他一眼，「吃你的飯！」

我不喜歡自己這麼情緒化，於是很快地平復好心情、擦乾眼淚，要他們別擔心。

周治平嗑完便當後離開了一下，再回來時，手裡拿著兩杯便利商店的熱飲，分別遞給我們，沒頭沒尾地對我說：「朵朵，妳是不是那個來了？喝點熱巧克力會比較舒服。」

蕭芷綺覺得他莫名其妙，「你是不是太雞婆了一點？」

「我這是愛屋及烏。」某人說得理直氣壯。

「誰跟你說朵朵那個來了？」蕭芷綺臉色鐵青，差點沒一巴掌揮下去，「周治平，你這個白痴！」

第二章　分手是不需要練習的

後來我才明白，有些東西是不需要練習的，比如分手這件事。

景大的圖書館永遠人滿為患，讀書區總是一位難求，我早已放棄待在圖書館研究課業這件事，平時多半借了書就走，不然就用電腦查找資料，最多也不會待超過半小時。

不過今天找書不太順利，怎麼也找不到那本撰寫學士論文，需要用以參考的學術書籍，明明剛才用電腦登錄圖書系統查詢時上面顯示有庫存的啊……

我拎著順便幫蕭芷綺借的兩本懸疑小說，在M區書櫃間穿梭，這幾櫃是專門放各科學系常用的學術典籍，所以擺放的順序被學生們翻得亂七八糟，我來來回回查看了好多遍，就是沒看到我要找的那本書。

真的不行，就得排隊麻煩圖書館人員幫我找了……但那樣好麻煩，而且因為人多，通常都要等很久……

「妳在找什麼書？」一道好聽悅耳的詢問聲落至我頭頂。

彎腰在找書的我仰頭，恰巧對上男孩那張正俯視著我的清俊臉龐。

我的胸口怦然一跳，霎時臉紅。不似心動，比較像是受到驚嚇。

「你、你——」他何時靠這麼近的？

肯定是我找書找得太認真，才會這麼無知無覺。

他笑著退開身，給了彼此一個較為禮貌的距離，又問了一遍：「妳在找什麼書？」

我愣愣地將書名念給他聽。

他東翻西找了一陣，最後從書櫃上層勾出一本反插著的書，拿下來確認過書名才遞給我，「這個，妳在找的。」

這的確是我要找的那本。

怎麼他這麼快就找到了？難不成剛才是我眼睛脫窗嗎？

不過，放在那麼高的位置，以我的身高確實也不好找……

「謝謝你。」

他倚著書架，笑望我，「妳還記得我叫什麼名字嗎？」

路過附近的幾名女同學發出細微的低呼聲，似乎是因為認出站在我面前的男孩。

想不到他已經這麼有名了……我看著他思忖著。

「不記得了？」他挑起眉峰，那模樣真好看。

「白逸，你不是叫白逸嗎？」我說。

「妳終於記得了。」他滿意地含笑點頭，輕聲喚了我的名字：「朵朵。」

那嗓音醇厚，偏又帶著一絲酥軟。換作是其他女生，誰招架得住啊……

他少喊了「學姊」兩個字，但我想算了，不跟他計較。

「謝謝你幫我找書，我先走了。」我一向不懂得應付有魅力的男生，也不想和他們走得太近。

我才挪動步伐，白逸便一把拉住我，「妳真的不記得我了？」

「嗯？」我不明所以地望著他，「那天，我們不是已經討論過這件事，也達成共識了嗎？」

「但我也說了，我們之前就讀同一所中學。」

「就算是，那已經好幾年前了。」我都快大學畢業了，還會記得什麼？況且，我們的年級還相差得那麼多。

「可是我記得。」

我低嘆，耐住性子道：「好，不然你說說看，我們是怎麼認識的？」

「妳確定要我說？」

既然他一口咬定我們認識，那我願聞其詳，「嗯，你說吧。」

「我們第一次見面，是在學校裡的午休時段，妳是糾察隊員在巡邏高中部教室，我們在樓梯口撞到——」

我的眼睛，隨著白逸的話越瞪越大，腦海中忽然閃過幾幕零星畫面，而遙遠的記憶裡，他那張白淨稚氣的臉龐，逐漸與眼前的面容相疊……

等、等等——我好像想起來了！

「朵朵，那真的不算一個吻嗎？」

「你、你等一下！」我心驚地以書掩面，粉飾慌張。

難怪我會覺得他長得有些眼熟，連名字也耳熟，那是因為我曾經叫過他的名字，還是照著他胸前繡著的名字念的……

地球果然是圓的，但這個世界也太小了吧！

「我們是不是真的很有緣分？」他笑著俯身，一手撐在我頭頂旁的書架上。

我拿書抵住他的胸膛，阻止他更靠近。

有女同學發現我們在交談，距離還有些曖昧，相互竊竊私語了起來。

我調整位置，有意借位他的身體擋住自己的臉，「那不算認識吧，那只是個意外。」

「也或許，只是妳不認識我……」他神情難掩失望，輕喃：「但沒關係，我記得就好。」

「你這樣有意思嗎？」他是不是覺得戲耍我這個平凡的學姊很有趣？

「其實我們後來還有碰過幾次面，但妳連那個吻都不記得，我想後面那幾次巧遇，妳應該更不記得。」他煞有其事地說道，語氣充滿惋惜。

我鼓頰低呼：「都說了那不是吻！」

當時我的嘴唇只不過是……不小心擦過他的嘴角而已。

「那怎麼樣才算？」他笑咪咪地壓低身子，鼻息有意無意地在我耳邊噴氣。

還真的是他。

除了行為，連講的話和語氣都跟當年一模一樣……

幾名圍觀的女同學並未迴避，似乎看得正上頭，十足印證了那句「人帥真好、人醜性騷擾」。

但我覺得他實在是太超過了！

所以，三十六計走為上策，還是溜吧！

白逸沒有追上來，隱約間我彷彿聽見他壓抑的低笑聲。果然，他是在逗著我玩……

我原本沒打算把這件事情放在心上，但隔沒幾天，學校論壇卻出現聳動的爆料貼文。

那幾位當時在旁偷看的女同學果然拍照了，還把事情描述得有聲有色，說新生男神白逸和一名女子在圖書館裡調情。

幸好沒有拍到我的臉。不過蕭芷綺把這則貼文秀給我看時，仍然令我心臟重重地狂跳了幾下。

「嘖嘖嘖，看來那個學弟是個花心種，和以前梁熙男神那副高冷的模樣沒得比。」蕭芷綺坐在位子上，半身斜倚桌邊，拿著手機低頭滑看學校論壇上的八卦。

我的手機屏幕停留在我和白逸那則貼文，底下留言區一片熱鬧——

B1：我那天經過有親眼目睹現場，和白逸交談的那位女同學，長相很普通。

B2：怎麼可能？求高清圖！

B3：不瞧臉的話身高是挺相配的，白逸不是有一八五嗎？那女的目測看起來，也就一六〇吧！

這群吃瓜群眾，對八卦本身沒什麼興趣，如今倒是好奇起我的長相了……什麼一六〇，我有一六四的好嗎？

「原來妳們在這裡！」周治平背著製圖筒和書包奔進教室，氣喘吁吁地抱怨道：「我找了妳們好久，傳LINE問妳們也都沒回。」

「你太吵了，我關靜音。」蕭芷綺看都沒看他一眼。

周治平委屈地改望向我。

其實我也是……

我對著他心虛一笑，偷偷取消我們群組的靜音設置，才點開聊天室介面秀給他看，「我現在看到了。」

他撓了撓鼻子，不好意思再計較，從包裡摸出一罐可樂遞給蕭芷綺，靠在她旁邊偷瞄一眼她手機螢幕的畫面說：「照片裡跟白逸學弟在說話的那個女生，不就是朵朵嗎？」

我錯愕地抬頭，暗自嚥了一口口水。

還好空堂教室內只有我們三個，他剛剛那句話實在不宜被其他同學聽到。

蕭芷綺喀地一聲，摳起易開罐的拉環，準備要開可樂來喝，我快一步地摸了鋁罐瓶身，發現是冰的，立刻抽走。「月經要來不能喝冰的，否則妳到時候又痛得哇哇叫了。」

她哀怨地瞥了我一眼，繼續道：「聽周治平一講我才想起來，照片中那個女生的衣服，是朵朵妳那天去圖書館穿的那套吧？」話點到為止，她等著我解釋。

我本來想打馬虎，但周治平接著說：「那天，我們不是在圖書館門口等朵朵嗎？妳去上廁所的時候，白逸經過看見我，問我在等誰，我說朵朵在圖書館裡找書，然後他就進去了。他是去找妳的吧？」

白逸那天是特別去找我的？

「為什麼？他找我幹麼？」

「我也不知道耶。」周治平放下背著的東西，搔頭道：「但白逸好像對妳挺感興趣的，那天我們互換LINE後，他就經常傳訊息問我有關妳的事……」

「他都問了些什麼？」

「他對妳的感情狀況特別好奇，問很多關於妳和邵彥文的事。」

「那你都跟他說了嗎？」

「也就……簡單講了一下吧……」周治平瞳孔一震，擔憂地問：「有什麼不能說的嗎？」

蕭芷綺用手肘頂了我一下，不打算放過，「所以，這照片裡的女生真的是妳？」

「我……」我嘆氣，對著那兩道直盯著我的視線投降，招認道：「白逸只是幫我找書。」

「那我問妳的時候，為什麼不坦白？」蕭芷綺挑起一道眉，點出可疑之處，「而且，你們有必要靠得那麼近找書嗎？從照片上來看，他幾乎是把妳困在胸前了。」

「妳幹麼講得這麼曖昧……」我囁嚅，「我只是怕妳會想歪，所以才沒說。」

「要想歪什麼？難不成還懷疑妳劈腿啊？」她想了想，好奇地問：「但白逸為什麼會對妳那麼感興趣啊？」

「妳問我，我怎麼知道？」我也是一頭霧水，不知道怎麼就招惹了這號人物。

「你們是不是真的認識？」

「我們以前在中學時，的確有碰過面，只是我不記得了。」

「那怎麼現在又想起來了？」

「就那天在圖書館裡，他幫我複習了一下記憶……」

「靠那麼近複習記憶，妳當我們是傻的？」

我立三指起誓，「我和白逸真的清清白白，什麼也沒有。」

「妳當然是什麼也沒有。」蕭芷綺把玩起手機，意興闌珊地說：「反正在妳眼裡、心裡，除了邵彥文誰也裝不下。」

在一旁安靜聆聽片刻的周治平，忽然像發現了新大陸般，瞪大眼睛問：「朵朵，我學弟該不會是——喜歡妳吧？」

我忙不迭地否認，「絕對不可能！」

「為什麼不可能？」蕭芷綺拋來一眼，「凡事難說。」

「我看起來，像是白逸會喜歡的類型嗎？」

「妳長得不錯，是我喜歡的類型呀。」她伸手挑起我的下巴，語氣和神情都十分曖昧。

她老愛這麼戲弄我，然後就看周治平眼巴巴地望著，一臉羨慕。

「別鬧。」我受不了地拍開她的手，分析道：「像白逸那樣的男孩子，就應該喜歡青春洋溢，可愛又活潑的美少女，站在一起才登對啊，怎麼可能會喜歡像我這種媽媽類型的。」

「朵朵，我覺得……」周治平斟酌了一下後，認真地開口：「妳頂多也就算是個姊姊吧，不至於像他媽啊？」

蕭芷綺露出扭曲的微笑，手指敲擊桌面，「周治平，我雖然知道你不是故意的，但每次聽你認真講這種話的時候，還是會讓我很想揍你，因為真的是太白目了。」

小忠犬瑟瑟一抖，惦惦不敢說話了。他從製圖筒裡抽出設計稿、橡皮擦和幾枝鉛筆，打算乖乖修改一下建築草圖。

「我看這則貼文的熱度也就這樣了，過幾天應該就沒了，反正大家也不知道照片中的女生是我，所以，沒關係。」我平心靜氣地自我安慰。

「貼文是沒什麼。」蕭芷綺瞄了一眼手機跳出來的通知，「妳的生日快到了，那比較重要。」

周治平插嘴，「邵彥文應該會準備禮物吧？」

蕭芷綺指尖點了點桌面，面無表情道：「我雖然一向覺得邵彥文不是個合格的男朋友，但幫女朋友準備生日禮物這點，他還是會用心的吧？」

「他每年都有準備啊。從我們還沒交往，只是朋友的時候，他就都有準備禮物。」

「但現在是女朋友，畢竟身分不一樣了，應該更用心才對。」

「嗯，這是我們交往後，我的第一個生日，我也很期待。」我希望可以和邵彥文在往後每個節日裡，都留下美好的回憶，這樣一定能夠為感情增溫，穩定交往關係。

傍晚，收到白逸臉書的好友邀請通知，我點開他的頭像，那是一道頎長偉岸的背影，夕陽將他投映在地面上的影子拉得好長。

他國三的時候，就已經長得比同齡的男孩子們都要高，而我的身高自高三起就未再變過，想不到幾年不見，他變得更挺拔了，褪去稚氣青澀的臉龐，模樣似乎又更加好看些。

我雖然不知道他為何會對我的事情那般好奇，但我知道，我們不僅有年齡上的差距，還是兩個世界的人。

就算地球是圓的，讓我們又碰到了一塊兒，那也僅是過客的緣分而已，就像當初的擦邊球之吻一樣，終究不會在心上留下任何痕跡。

所以……我並不打算接受他的好友邀請。

因為我們沒必要，再有其他更多的交集了。

♥

系所間的一方花園涼亭，周邊不僅綠蔭盎然，還有一面人造池塘，午後的陽光穿透樹梢枝枒和葉瓣，在石階上鋪下細碎的殘影，而微風吹徐，於所經之處奏響沙沙樂章。

今天是我生日，邵彥文稍早傳LINE，要我在這裡等他接我一同去慶祝。下午沒課，所以我提早到了，卻發現涼亭內有一雙人影，我還不小心聽見他們的對話——

「喜歡就是喜歡，你這樣一時半刻要我忘了，我怎麼可能做得到嘛！」

「那不然妳想怎麼樣？」

我正想著是否應該迴避一下，但那男孩的側影令我覺得有點眼熟，因而興起了一絲好奇……

女孩忽然就哭了，抽抽噎噎地死命拽著男孩的襯衫衣角不肯放手，任性地嚷嚷著：「我不管、我不管！」

「妳這樣哭，只會讓人討厭而已。」男孩的嗓音清冷，毫不憐香惜玉地撥開她的手。

「那你說我該怎麼辦？我都已經喜歡那麼多年了……」

我悄悄移動腳步，想偷瞄那名男孩的長相，卻恰巧對上他的雙眼，四目相交之際，說有多尷尬就有多尷尬——怎麼又讓我碰到白逸了！

「朵朵？」他撇下身旁的女孩朝我走來。

你現在應該關心的是那個女孩子，而不是跑過來找我吧？

萬一對方誤會，那就不好了……

「我、我不是故意偷聽的。」我急忙解釋。

但白逸似乎對於我有沒有聽見他們的談話不甚在意，「妳怎麼會在這裡？」

「我在等男朋友。」我回答，目光越過他，朝不遠處站在涼亭下的女孩望去，低聲問：

「你不打算管她嗎？」

「我管她做什麼？」

真是好狠的心……女生都為他哭成那樣了，他居然還能說出這種話。

「你把她惹哭了啊！」那女生不是因為告白被他拒絕了，所以才哭哭啼啼的嗎？

「她？」白逸眉頭輕皺，「她跟我可沒關係。」

我聽得一頭霧水，「嗯？」那現在是什麼情況？

女孩朝我們走來，指著我問：「她是誰？」

「朵朵。」白逸直勾勾地望著我，滿臉笑意。

我差點昏倒。他是不是故意拖我下水的？

「那個……」我搖著手，想說明自己只是路過，和白逸一點關係也沒有，豈料，女孩根本不關心我的身分，又逕自繞回原本的話題，壓根不介意是否有我在場。

「我不管，你得幫我想辦法！」

白逸瞟她一眼，撇唇道：「妳這叫執迷不悟。」

「難道你喜歡一個人，是可以輕易放棄的嗎？」

「我不會輕易放棄，但我也不會像妳這樣歇斯底里地哭鬧。」

「那你說我該怎麼辦嘛？他是你的好朋友，你不是最懂他嗎？」

聽著他們的對話，我開始懷疑自己是不是誤會了什麼？

「白芸菁，妳聽不懂人話是不是？」白逸面露不耐，「他已經說對妳沒感覺，以後也不可能生出其他的情感了。」

「可我就是喜歡他呀！」女孩眼眶泛淚，固執地強調，「我已經喜歡他那麼久了……」

「妳喜歡人家，人家就一定也要喜歡妳嗎？」白逸無奈地輕嘆，「妳努力過了，也告白了，但他就是不喜歡妳，我又能怎麼樣？難不成要拿刀架在我朋友的脖子上，叫他接受妳的感情嗎？」

「所以……我完全沒機會了，是嗎？」清麗稚氣的臉龐布滿失望，女孩一顆頭垂得低低的，像是又快哭了。

「如果妳不想放棄，那就繼續單戀他吧。反正單戀也不犯法。」

我皺起眉頭，這真是我聽過最爛的主意了。

女孩委屈地問：「那萬一有一天他喜歡上誰了呢？」

「到那時候，妳也該死心了吧？」

「你說得倒容易！」女孩的情緒，從委屈變成了憤恨不平，賭氣地跺腳道：「等哪天你也遇到一個喜歡得不得了，放不下的女生，卻又被對方拒絕的時候，就換我嘲笑你了！」語畢，她長馬尾一甩，悻悻然地轉身走了。

待她走遠，我納悶地問：「剛剛那位是……」

「我堂妹。」

是了，她也姓白，我怎麼就沒連想到這個可能性。「但你堂妹為什麼會在這裡？」她應該年紀比他小？

「雖說她是堂妹，但其實也才晚我兩個月出生而已。同樣是這屆入學的新鮮人，就讀國貿系。」

「所以她真的不是喜歡你……」

「她怎麼喜歡我？」白逸單手插口袋，歪著頭好笑地提醒，「我們是有血緣關係的。」

對，我竟閃神到問了一個白痴問題。

我汗顏地抿咬下脣，「不好意思，打擾到你們了。」

「沒什麼。」他聳肩說道：「芸菁喜歡我一個從小到大一起長大的好朋友，她單戀他很多年，前幾日好不容易鼓起勇氣跟對方告白，卻被拒絕了。」

「我不是故意要探問這些的……」

「我怕妳誤會。」

「誤會什麼？」

「妳不是以為她喜歡我嗎？」

「嗯，其實……她喜不喜歡你或是你的誰，都跟我沒什麼關係吧……」他真的不用特地解釋，我剛才也只不過隨口問問罷了。

白逸貌似沒把我的話聽進去，淡淡的目光睨著我，話鋒一轉：「妳為什麼不接受我的好友邀請？」

我頓了頓，一時之間不知道該怎麼回答。

哪有人像他這般追根究底問原因的？

「是怕男朋友吃醋嗎？」

我不置可否，就當默認了。

他低垂眼簾，長睫毛輕眨，須臾迸出一句與話題無關的祝福：「朵朵，生日快樂。」

這個人的思維未免太跳躍了，我跟不上啊……

「你怎麼——」我問到一半打住，想起臉書上「關於」裡可以看見我個人基本資料，他大概是從那裡得知的。

白逸笑了笑，將臉上多餘的情緒收拾乾淨，「妳男朋友呢？」

「他應該快到了才對。」我瞄了一眼腕錶上的時間。

「朵朵，」白逸墨色深濃的視線追隨著我，與那笑容相稱，令我有些慌張，但他說話的語調卻很輕柔：「妳今天，要開心喔。」

講完這句話，他便離開了。

留下我一手壓著慌亂的胸口，邊拿出手機查看，發現有幾條剛收到不久的LINE。

「我臨時有點事情，不能去接妳了，我們晚上直接在這間餐廳碰面吧，我已經訂好位子。」

除了這條訊息，邵彥文還傳來餐廳的地址。

我有些失落，正準備回覆時，手機跳出另外一條訊息，是必修課小組報告和我同組的李嫣傳來的。

「朵朵，有件事情，我想了一下，覺得還是應該告訴妳，剛才我在教學樓後院，看見王蕾和邵彥文，他們似乎有些拉扯，但不知道在說什麼，我沒能聽清……」

其實，如果可以選擇，我並不想知道這些。

我並不是一個愛胡思亂想的人，但和邵彥文交往後，關於他與王蕾之間那份若有似無的牽絆，總是困擾著我。

每當他忽然臨時有事、改變行程，或突然聯繫不上時，我都會疑神疑鬼到連自己都覺得厭煩。

起初我們交往，是建立在對對方全然的信任之下，因此無論我再有疑慮，都不會偷查他的手機，或追蹤他的行蹤。

可說穿了，我不是不想知道，而是不敢知道。

我躊躇著該不該前往李嫣訊息中提及的地點眼見為憑，帶著忐忑的心情邁出步伐，我走得很慢，直到最後一個轉角，仍然倍感掙扎。

人是不是真的很矛盾？

不敢知道的時候，就連一條他手機裡的訊息都不敢查看，但一旦知曉，就不願意再被蒙在鼓裡。

我希望，他們已經不在那裡了，那樣的話，或許我的心裡會好受一些……

可惜，天不從人願。

「我沒有辦法陪妳，今天是朵朵的生日。」

「為什麼？」王薔拉著他的手，神情泫然欲泣，「我是真的很難過……」

「妳本來跟他就只是玩玩的不是嗎？」邵彥文皺眉，「為什麼現在又為了他這麼傷心呢？」

「我是有考慮要跟他在一起的，若不是昨天被我發現他還和前女友糾纏不清的話，或許再過一陣子，我就會點頭答應。」

「他打算和前女友復合嗎？」

「我不敢問。」

「我真不明白，妳為什麼會為了這點小事難過？這不像妳。」

「因為你也不在我身邊了啊！」王薔哭腔喊道：「彥文，當初你說過會一直陪在我身邊的，可到底還是和楊朵朵交往了不是嗎？」

「這兩件事情怎麼能混為一談？」

「我知道今天是她的生日，你是應該要幫她慶祝，但你就不能晚點再去嗎？陪我一下，好不好？」

邵彥文沉默不語，抿直的唇顯露出為難，卻也沒有當機立斷地拒絕。

「那天，你不也是接到我的電話後，就匆忙趕去找我了嗎？」

「那是因為妳說妳出了車禍！結果只是妳乘坐的計程車與其他車輛發生擦撞而已。」

「但你還是來找我了。」王薔楚楚可憐地眨眼，「其實你還是很關心我的，對嗎？」

「我當然關心妳，但我真的……不能再因為妳拋下朵朵了。」

邵彥文那麼說，是否表示，其實那天，並不是他第一次因為王薔丟下我……

「我沒有要你拋下楊朵朵，我只是——」

她只是，一直都很自私而已。

躲在梁柱後方聽見他們對話的我，沒有出面質問，沿著來時的路安靜離開。

有些女孩面對這種事情，會勇敢走出去，理直氣壯地大吵一架或大鬧一場，不讓自己吃虧，但我終究沒那麼做。

不知道為什麼，返家的途中，我忽然想起了這麼一句話：「不被愛的才是第三者。」

我可能是太不自量力了。

還以為，只要我們在一起，我就能等，等到他很喜歡、很喜歡我的那一天，但很可惜……

不是所有的愛情，都等得起的。

蕭芷綺和周治平合送了我一套專櫃保養品，說希望我永保青春，禮物直接寄到家裡，老媽代收後放在我房間的桌上。

我在群組裡發訊息向他們道謝：「你們對我真好，禮物我好喜歡。」

「**寶貝，生日快樂，祝妳和邵彥文有個火熱美好的夜晚喔！**」蕭芷綺字裡行間的曖昧意味，透過屏幕都能感覺得到。

「**朵朵，生日快樂呀！**」周治平則單純簡潔多了。

我猶豫了一陣子，最後還是決定不要現在就把邵彥文和王薔的事情告訴他們，免得蕭芷綺一氣之下做出什麼衝動的事情來。

帷幔半掩的窗外天色漸晚，直到夕陽完全隱沒，我坐在床上發呆，一旁的手機偶爾會傳出震動聲，我猜有的是來自朋友們的生日祝福，有的或許是邵彥文找我了，因為我沒有前往餐廳赴約。

房門被輕敲兩下後推開，楊珞臉上素淨無妝，身著居家服，提著一只高級紙袋走進來。

我瞄了眼床頭鬧鐘的時間，「妳今天這麼早？」剛過六點，她平常多半都七點左右才會到家。

「我提早下班去買這個了。」她舉高手裡的名牌紙袋，遞給我，「喏，妳的生日禮物。」

「幹麼這麼破費？」我拆開包裝，從禮盒內拿出一個裸色真皮長夾，它很漂亮，應該不便宜。

「我跟爸媽一起送的。」她拉開書桌椅坐下，「喜歡嗎？」

「當然喜歡。」我反覆看了看後，將它仔細收回盒內，「捨不得用。」

「東西買來就是要用的。」

「好，我過些日子再換。」

楊珞觀察著我的表情，沉吟道：「今天是妳生日，邵彥文沒有幫妳慶祝？」

「有。」

「那妳怎麼在家？」

我揉搓著手指，低頭不語。

「媽說妳下午就回來了，一直待在房間裡。她本來以為妳晚上不會在家吃飯……」

「是老媽派妳來關心我的嗎？」

她也不兜圈子，直接了當地開口：「說吧，怎麼了？」

我吁氣，眼眶漸紅，堵在胸口的窒悶感發酵成了酸澀，瞬間衝上眼底化為氤氳，但我倔強地不肯輕易落淚。

「妳不想講？」

我緊咬下唇，掙扎半晌，才慢慢把下午發生的事情，以三兩句話帶過。

楊珞的情緒向來收斂，即便再怎麼不開心也很少顯露於色，可此刻她卻沉著一張臉，眉頭深鎖，像是在生氣，直到老媽在樓下扯著嗓子大喊開飯，她仍是一句話也沒說。

這頓晚餐我吃得辛苦，食之無味之餘，為了不讓爸媽發覺異樣，還得陪著笑臉，裝作無事一般。楊珞並沒有拆穿我，甚至當爸媽懷疑地問起怎麼沒跟男朋友一同慶生，她還出聲幫不會說謊的我圓場。

我原本以為，楊珞對於我和邵彥文的事不想再多加置喙，但晚餐過後，她尾隨我回到房間，關起門說：「朵朵，我們聊聊。」

「妳想聊什麼？」我心不在焉地問。

手機顯示著五通未接來電，都是邵彥文打的，他還傳了幾條LINE給我：「朵朵，妳在哪裡？」、「妳為什麼都不接電話？」、「妳還好嗎？發生了什麼事？」、「朵朵，我在妳家門口等妳出來。」

「是邵彥文嗎？」

「我出去一下。」

楊珞拉住我，「妳要去見他？」

「他在家門口。」

「妳不要出去，叫他回去吧。」

「這是我的事。」

楊珞情急之下脫口而出：「他沒有那麼喜歡妳，朵朵！」說完，她的表情有些後悔，似是怕這麼直接會傷害到我。

我眼神一暗，呼吸輕顫，啞著嗓子點頭道：「……我知道。」

「妳就那麼喜歡他嗎？」楊珞不解地問，「寧願卑微到骨子裡，也要繼續。」

「妳不懂。」

「我的確不懂。」她長嘆一口氣，「我不懂妳為什麼要如此委屈，妳的條件不差，一定能再遇到更適合的對象。」

「那妳有沒有想過，或許我不會再遇到了。」從小到大，我喜歡的人不是喜歡別人，就是對我沒感覺，有的還覺得我很會照顧人，就像他媽一樣！

他們對我，有同學之情、有友情，但就是沒有愛情……

「妳為什麼要這麼沒自信?」

我的嘴角逸出苦澀,神色落寞地開口:「別人談戀愛好像都很容易,對象一個換過一個,總是居於上風,在愛情裡如魚得水,享受著愛與被愛的幸福。妳也是那樣的,所以,怎麼可能會懂我呢?」說著說著,鼻頭忍不住發酸,語氣也隨之輕顫,「我也想像妳一樣討喜,長得漂亮、頭腦聰明又能言善道,身邊不乏條件好、喜歡妳的對象,經常是妳選人而不是別人選妳。」

楊珞擰眉,不認同我的話,「妳也可以的。」

「我多麼希望……我可以。」我諷刺地勾起嘴角,自嘲道:「但如果我真的可以的話,那為什麼,我只是希望我喜歡的人,也能像我喜歡他一樣喜歡我,卻這麼難呢?」

「既然妳如此難過,為何不改變呢?」她不解地追問:「為什麼還要糾結在這段感情裡?」

「還喜歡他要怎麼放手?妳以為很容易嗎?妳曾經用心喜歡過任何人嗎?」

楊珞無可奈何地望著我,那道視線的深處,卻有著隱微被我的話語給刺傷的閃爍。

「何況,妳只是沒看到我的改變。」我垂下雙肩,無聲喟嘆,「為了追上妳的腳步,我嘗試做過許多改變,可仍然不夠……永遠不夠!」每當遇到事情時,我又會變回這樣死腦筋、怯懦的楊朵朵了。

「我沒想過自己的存在,會讓妳痛苦。」

「我不痛苦，妳是我姊姊，我愛妳，但我只是同時……」我拉開她捉握的手，「也很羨慕妳而已。」

「朵朵，妳聽我的話，叫邵彥文回去吧，讓他吃閉門羹，好好反省自己的行為，不要老是——」

我搖頭拒絕，「我想和他說清楚。」

「妳要說什麼？」

「無論是要分手或者繼續，都不應該逃避問題，不是嗎？」

「但你們之間的問題，現在有辦法解決嗎？」

我沒有回答她，披了一件長版薄外套便離開房間。

邵彥文是我第一個男朋友，是我自己追來的。

和他交往宛如一場美夢，我從未想過，有一天自己的努力能得到回應。

所以……或許除了喜歡，還多了一些不甘心吧……

為什麼，我就不行呢？

你們不是都說，我長得不錯，條件也不差嗎？

那為什麼，我就是沒辦法，讓邵彥文眼裡心裡都只有我呢？

邵彥文站在家門口不遠處，忽明忽滅的老舊路燈下，巷弄內的寧靜，襯得他的臉部表情更加凝重，隱沒在昏暗處特別深沉。

他手捧花束，見我關上大門，也不敢貿然走近，於是我緩步向前，主動開口：「你怎麼來了？」

「發生什麼事了？妳為什麼沒去餐廳？」

儘管我此刻平靜地望著他，內心卻感到有一面牆正在崩塌。

「打電話妳沒接，LINE也不回，到底怎麼了？」

或許是心中有愧，對於我反常的行為，邵彥文非但沒有生氣，關心的語調中反而透著一絲著急。

我深呼吸，吐氣時輕聲道：「彥文，我都知道了。」

他愣了一下，「妳知道什麼？」

「你和王薔今天在教學樓後院說的話，我聽見了。」

「妳為什麼會……」邵彥文瞬間喪氣得像一顆洩了氣的皮球，他很清楚，事到如今再狡辯都是枉然，於是二話不說便直接道歉，「對不起。」

「你這句對不起，是因為還喜歡她嗎？」

他沒有解釋，低著頭，我也看不清楚他臉上的表情。

「我們在一起，還是太勉強了吧？」

「不是的……」

「那你喜歡我嗎？」我目不斜視，想從他細微的表情變換中揣測他的心意。「是真心喜歡我嗎？」

一陣沉默後，他緩緩地說：「朵朵，我是喜歡妳的。」

「只是，你更喜歡她。」他一直都喜歡她，甚至能說是愛。

「我不知道該怎麼向妳說明我的感覺和心情，但朵朵，我真的很努力了。」

「喜歡一個人，是不需要努力的。」

喜歡是件再自然不過的事，是發自內心的情感，是對一個人的執著。

而愛情，不應該像我們這樣。

其實，我早就知道了。只是因為喜歡他，所以一直自欺欺人罷了。

仰頭輕吐一口氣，我深思熟慮後提議，「要不然，我們分開一段時間吧？好好考慮，是否應該繼續交往。」

邵彥文的眼中閃過一抹震驚，「朵朵……」

會這麼說，是因為我想把選擇權交給他，若想分手，我已經把台階搬到他面前了。

邵彥文斂下目光，靜默了許久才開口：「今天是妳的生日，我們不談這些好嗎？」

「那明天再談嗎？」

「不用再談。」邵彥文牽起我的手，「朵朵，我不會跟妳分手的。」

「為什麼？」

「因為我想好好珍惜妳。」

無關喜歡，只因為他覺得我是一個好女孩，所以想珍惜。

我的胸口，彷彿吃了一記悶拳。

直到剛剛，我都在給他機會。只要他說喜歡我，或許我們之間就能再次燃起一線希望，但他卻給了一個讓我徹底失望的答案。

這段感情，在走到快要結束的時候，竟是讓我深刻地體會到單方面喜歡著一個人的苦澀和卑微。

分手是不需要練習的，也許從現在開始，我們都該放下各自的執著了……

邵彥文送了一束漂亮的乾燥花和一條項鍊給我，那條項鍊，是我們某次逛街經過一家飾品店，我隔著玻璃櫥窗看到的很喜歡的款式，但因為價格偏高，所以最後沒買。

倘若沒有發生那些事情，他用心準備的禮物，肯定能讓我度過一個美好的生日，可惜如今，我非但沒有感到幸福，反而覺得悲傷。

睡前，我雙眼哭到紅腫，埋在枕頭裡幾乎要喘不過氣時，恍惚間，想起了白逸稍早的那句話。

「妳今天，要開心喔。」

當你喜歡著一個人，情緒就好像被控制了一樣，心情隨著那個人的一舉一動起起伏伏，即便想要開心，也會有力不從心的時候。

就像我現在，躲在棉被裡，揚著嘴角流下眼淚，無論多麼努力，仍然如此難過。

♥

小時候，我很喜歡黏在楊珞身邊，經常把她的優秀掛在嘴上，逢人便炫耀，巴不得全世界都知道我有一個優秀的姊姊。

她長得漂亮、頭腦聰明、人緣又好，在學生時期受到師生們喜愛，一直都是學校的風雲人物。她的存在，令我感到驕傲。

但後來，不曉得從什麼時候開始，每當提起楊珞，我的心裡不再只有歡喜，還多了一種難以言喻的失落和酸楚。隨著年齡增長，我才漸漸發現，那是因為我從那些人眼中看見自己的不足，他們彷彿都在問：「為什麼妳不像妳姊姊那樣優秀？」

於是，在他們說出口前，我學會了以玩笑的口吻自嘲：「對，我不比楊珞漂亮、頭腦不那麼聰明，個性有些怕生，嘴巴也不甜，你們可以喜歡她就好。」在別人否定我之前，就習慣性先否定自己，這樣才不會太難過。

可即便如此，我仍然努力地想追隨楊珞的腳步。

這麼多年來，我打扮自己、注重儀容外貌，拚命讀書、考進好學校，懂得體貼、照顧別人，想成為一個可靠的人，就是希望能受到大家的喜愛，有好人緣，希望能夠多像她一點。

蕭芷綺曾說我是個矛盾的個體，表面上看起來自信、獨立堅強，實則缺乏安全感，膽小又易感自卑。

現在想想，她還真的說對了。

是這樣一路的成長過程，造就我如此的性格。

當初我雖然勇敢追求邵彥文，心裡卻一直認為他不可能接受我，成功和他交往後，即便不斷向自己信心喊話，卻在發現他和王薔剪不斷、理還亂的關係後，便將一切全盤否定；就連分手，都不夠決絕，傷心之餘，又擔心自己會不會再也遇不到下一個人。

我已經習慣對任何事情都不抱太大期待了，因為害怕結果若不如預期，會更加失望。

難怪楊珞看不見我的改變，因爲我根本沒有打從心底，肯定過自己的價值……

「妳怎麼有點心神不寧？」蕭芷綺伸手在我面前揮了揮。

「沒有啊。」我收拾思緒搖頭，「怎麼啦？」

「剛才我跟妳說的話，妳聽見了沒有？」

「妳說什麼？」

她皺起眉頭，「妳看，我講話妳根本沒在聽。」

「我只是有點走神……」

「我叫妳最近不要給邵彥文好臉色看。」蕭芷綺雙手插在口袋，臉色不悅地撇脣，「他做了那麼可惡的事情，就不該原諒他！要不要分手，應該是妳來決定，為什麼是他說了算？」

本來不想告訴她，就是怕她會這樣義憤填膺，比我還激動。

但我實在拗不過她那副追問的樣子，見她興致勃勃地關心我怎麼和邵彥文慶祝生日的，我就沒辦法騙她，只能輕描淡寫地將一切坦白。所以這陣子，她一直對邵彥文很不爽。

「咦？怎麼沒見到周治平？他不是最喜歡黏著妳的嗎？」

「妳少轉移話題！」

我嘆氣，看來這招對她沒用。「妳別這樣，我自己的事情，我會看著辦。」

「妳會看著辦才怪！」蕭芷綺忿忿地踢著地面走路，「邵彥文最近是因為愧疚，才開始對妳好的吧？因為想要彌補過錯。以妳的個性，難道我還不了解嗎？到時候一定又會心軟！」

扯住她的格子衫衣角，我撒嬌道：「哎唷，我的事情妳就別操心了。」

蕭芷綺伸出食指推了推我的額頭，「楊朵朵，妳在愛情裡就是個傻子！」

越接近食堂，人潮漸多，邵彥文站在側門入口等我們，蕭芷綺一見到他，原本才舒緩的臉色又沉了下來。

「他為什麼在這裡？」

「他說要跟我們一起吃飯。」我不敢提前告訴她，怕她會拒絕。

「我看到他會沒食慾。」

「妳還有周治平嘛！」

她呿了一聲，「關那蠢蛋什麼事？」

「所以他人呢？」

「去佔位子了。」蕭芷綺橫了迎向我們的邵彥文一眼，連招呼都不願意打。

我們循著周治平群組裡發的環境照，在食堂角落一隅的圓桌找到他。

「你們來啦！」

蕭芷綺拉開周治平身旁的空椅一屁股坐下，指著桌上的兩盒便當問：「這什麼？」

「炸雞腿飯啊。」他興高采烈地將其中一盒推到她面前，笑容滿面地說：「妳不是愛吃嗎？」

蕭芷綺一臉嫌棄，「我今天又不想吃這個。」

周治平不厭其煩地問：「那妳想吃什麼？我再去幫妳買。」

聽著兩人的對話，我不禁笑嘆，周治平對蕭芷綺的心意真是日月可鑑。

放下書包，邵彥文並未打算坐下，輕點我肩膀道：「朵朵，妳想吃什麼？我去買。」

「你要吃鍋燒意麵嗎？」

「好。」

蕭芷綺感到稀奇地發出一聲驚嘆，「以前買午餐這種事，不都是妳搶著做的嗎？怎麼今天不做了？」

「我——」我剛剛不過是一閃神，邵彥文就已經動身去買了。

「這就對了嘛！」她豪邁地拍了一下我的背，予以肯定，「拿出點骨氣，也是時候讓邵彥文表現表現了。」

我被她這突如其來的一掌嗆到口水，岔氣地撫著胸口猛咳。

那間鍋燒意麵邵彥文經常吃，以前追求他時，我都會先幫他把麵買好，再佔個好位子等他來找我。

就像現在周治平對蕭芷綺一樣。我們在某種程度上，其實還挺相似的……

我看著眼前這對歡喜冤家的互動，忽然心生羨慕與些微的感慨。

比起我和邵彥文的相敬如賓，或許像他們這樣，反而會比較開心吧？

他們也糾纏幾年了，雖然蕭芷綺始終不肯接受周治平，還老嫌他煩，但她又不是鐵石心腸。這麼久以來，周治平待她如何她應該很清楚，就算無法接受他的感情，心裡也早已把他當成好朋友了吧，否則怎麼會任由他在身邊打轉。

「朵朵，妳又在想什麼？」

聞聲，我眨眼搖頭，「沒有啊，我只是看你們兩個這樣互動，覺得很有趣、很有愛呀！」

「誰跟他有愛了！」蕭芷綺反駁，用筷子撥了下便當盒內的菜色，邊問：「妳自從生日過後，整個人就經常魂不守舍的，是在想和邵彥文的事嗎？」

周治平打岔，「朵朵和邵彥文怎麼了？」

「不關你的事，吃你的飯。」蕭芷綺瞪他一眼，繼續道：「有什麼可想的，要嘛就好好在一起，要嘛就分手，但我是一律建議分手啦！」聽起來像是氣話，可其中也帶著幾分認真。

蕭芷綺見不得我在感情中受委屈，對邵彥文一直是頗有微詞，只是當初因為我喜歡，所以不好多說什麼，但自從她知道邵彥文為了王薔騙我後，她對他的不爽就更藏不住了。

「芷綺，我心裡有數的。」

雖然這是我第一段感情，遇到該做出抉擇的時候經常會舉棋不定，但就算要花一點時間才能鼓起勇氣，也必須學著獨立面對。

蕭芷綺怒咬雞腿，含糊地說：「我還不了解妳嗎？」一臉不放心的樣子。

我微笑地拍拍她的肩膀，關心地提醒，「妳胃不好，吃慢點，免得等會兒鬧胃疼。」

「學長，好巧。」

溫淺的招呼聲，介入了我們的談話。

周治平轉頭朝聲源望去，白逸正端著裝有餐點的托盤站在他身後。

「學弟，你也來食堂吃飯？」

「對啊，節省時間，我還要趕回繪圖教室畫作業。」

他不是應該對周治平說的嗎？一直看著我做什麼？

「這麼說也是，建築系的作業可真不是一般的多……」周治平瞥眼他堆在空椅上的畫筒和模型，忍不住嘆氣。

白逸問：「學長，我可以跟你們一起吃嗎？」

「當然可以。」蕭芷綺落落大方地讓出位子。

「妳幹麼讓位？」我在她起身時抓住她。

蕭芷綺笑著聳肩，「他不是要跟周治平坐嗎？」說完，便改坐到周治平左手邊去了。

但她不需要讓位啊！周治平另一邊的座位原本就是空的！

白逸向蕭芷綺道謝後，直接大方地在我和周治平中間坐下。

「你也吃炸雞腿？」蕭芷綺挺直腰桿，瞄了一眼白逸餐盤裡的菜色，「現在還買得到？」

「很搶手嗎？」白逸挑眉，「我每次都買得到啊。」

周治平推了一下鼻梁上的眼鏡，朝賣自助餐的方向遠目，「哎，我看是打菜阿姨特別留給你的吧？」

蕭芷綺羨慕地搖頭嘆氣，「人長得帥就是好。」

白逸微笑著不以為意，吞下嘴裡的食物後開口：「朵朵，妳中午吃什麼？」

這句聽似平凡無奇的問話，卻令蕭芷綺和周治平同時轉過頭來盯著我看。

他們的眼神像是在問：「他為什麼沒喊妳『學姊』？」

之前就應該糾正他的，是我疏忽了。我百口莫辯，乾咳一聲，睜圓眼直瞪向白逸，警告意味十足。

但他裝傻得很徹底，「怎麼了？我臉上有東西？」

「學弟，你們——」

周治平甫出聲，便被端著兩碗麵回來的邵彥文打斷，「那間麵店的人實在太多了，我等很久。朵朵，妳餓了吧？」

我的面色一僵，瞬間定格。難道，只有我覺得尷尬嗎？

瞧瞧蕭芷綺和周治平那一副吃瓜的表情。

不對，心裡有鬼才會氣虛，我行得正坐得直，沒什麼好怕的！

邵彥文看見白逸時遲疑了一下，他坐進我身側的空位，將托盤裡的一碗麵擺到我面前，並體貼地拆開免洗竹筷的包裝，連同湯匙一併遞給我。

他原本就是個體貼的人，像這樣細微的事情其實他都會做，只是因為之前我太喜歡他，所以總喜歡照顧他，幫他用得好好的。

過去我希望他能在我身上多花點心思，然而現在，看著他做這些，我的心情卻變得好複雜，絲毫開心不起來……

多希望能當成他是因為喜歡我才這麼做的，可是他溫柔眼底蘊含的那份愧疚，卻始終騙不了人。

邵彥文隔著我看向白逸，問：「朵朵，他是誰？」

我順著方向偷瞄了一眼，還來不及開口，神色自若的白逸就已代替我回答：「我是周治平學長的直屬學弟。」

邵彥文原先沒反應，須臾才想起了什麼似地說：「你是不是那個……很有名的建築系大一新生白逸？」

白逸笑了笑，隔空與他對視，態度謙虛，「我不知道自己很有名。」

「學校論壇上的話題人物啊。我記得前陣子，不是還有一篇熱搜貼文，是說你和一個女生在圖書館——」

「咳咳咳咳咳——」我被麵條噎到了。

「妳看妳，這麼不小心。」白逸拿面紙巾塞進我手裡。

我捏著紙巾，不敢看邵彥文此刻的表情。

「妳怎麼了？」邵彥文拍撫著我的背，助我順氣。

「她還能怎麼了。」蕭芷綺耐人尋味地一笑，「噎到了唄。」

白逸面不改色地說：「我那天確實和一個女生在圖書館，不過也沒什麼，我們只是在聊天而已。」

邵彥文不疑有他，「八卦嘛，總會有些誇大其詞。」

這頓飯到底要吃到什麼時候？我消化不良啊……

氣氛尷尬幾秒後，邵彥文再度出聲：「喔對了，初次見面，我是朵朵的——」

白逸接話道：「男朋友。我知道。」

尋常再自然不過的自我介紹，此刻聽在我耳裡，顯得別有用心且刺耳。

我頭低到不能再低，眼裡只剩下麵條了。

「朵朵，妳慢慢吃，我們又不趕時間。」

我對邵彥文的話充耳未聞，依然以兩倍速在進食。

而始作俑者單手托腮，笑睨著我，不發一語。

察覺到兩人分別朝我投來的視線，我的胃開始隱隱作痛，不知道是因為吃太快的關係，還是這場面令我太有壓力。

但邵彥文像是又發現了什麼，意義不明地呵笑一聲，提出質疑，「我以為，白逸應該會跟周治平比較熟，畢竟是直屬學長、學弟的關係，但怎麼好像……和朵朵比較熟？」

「有嗎？」我放下筷子，硬生生地勾唇，「我和白逸不太熟的。」

「嗯。」白逸先是認同地點頭，接著對邵彥文語出驚人道：「是我單方面和她比較熟。」

「……」

短短幾秒的悄然無聲中，每個人臉上各懷思緒，表現出不同的情緒反應。

接著，蕭芷綺笑到前俯後仰，周治平則是完全狀況外，白逸的笑容裡隱含一抹得意，而邵彥文平靜的面容下壓抑著某種情緒。

「我吃飽了。」我表情僵硬地起身，「彥文，我們先走吧。」

「好。」邵彥文以紙巾擦拭嘴角，收拾碗筷放在托盤上，準備端去回收區。

我問蕭芷綺：「妳下午不會翹課吧？」順便眼神示意她適可而止，笑成那樣未免太誇張了。

「不想去。」

「今天要分組。」

「我跟妳一組。」

「教授說要用抽籤的。」見她垮下臉，我總算心理平衡了一些，「所以我也沒辦法代替妳簽到。」

「那我們就下午見吧。」她心不甘情不願地噘嘴。

得到滿意的答案，我微笑道：「我幫妳佔位。」

離去前，我為保持疏離的態度，不僅沒和白逸說話，連眼神都刻意迴避。

走出食堂後，邵彥文主動牽起我的手，以往我都會覺得很甜蜜，可現下心裡卻有了一絲疙瘩。

「白逸是不是……對妳有意思？」他問得有些遲疑，但仍然很直接。

「怎麼可能。」我簡短地解釋：「我們只是以前讀同一所中學，彼此聽過對方的名字罷了。」

「是嗎？」他那含在嘴裡的應聲，教人弄不清情緒。

「你介意？」

沉默半晌，邵彥文淺淺勾唇，握緊我的手，自認情趣地道：「是啊，怕妳被拐跑了。」

然而，我望著我們相牽的手卻笑不出來。

如果他可以早點表現得這麼在乎我就好了，至少不會讓我覺得，這一切都只是感情破碎之後，狼狽的補償……

第三章　大四沒人要

喜歡一個人最難的，不是努力去爭取，而是學會祝對方幸福。

大一嬌、大二俏、大三拉警報、大四沒人要。

在女孩子最青春的年華，含苞綻放的歲月裡，我付出了全部的喜歡去追求邵彥文。經歷從暗戀、單戀到成功與他交往的過程，得到在他身邊的權利，卻沒能得到他全部的心。

現在回想起來，和他在一起最幸福的時光，不是在交往後，而是交往前我那樣無怨無悔的喜歡、不求回報的付出。

我曾經在他上課的教室後門玄關等了一個多小時，只為送他愛喝的草莓奶昔；時常繞遠路走去系辦，是為了經過教育系時能與他不期而遇；默默記下他喜歡的扭蛋公仔，多花一點錢從網路上標來送他，卻說自己是偶然在路邊扭蛋機扭到的；下雨天撐雨傘陪他等公車，還一起搭到離我家很遠的地方。即使偶爾，他因為王薔爽約才會臨時改約我吃飯，我也不介意。

當時那樣單純的喜歡，在兩個人交往後，因著對愛情的憧憬產生太多的盼望，卻又反覆在微小的甜蜜和失落中感到疲乏無力，變得越來越迷惘，也越來越不快樂。

楊珞說：「卑微地喜歡一個人，那不是愛情。」

蕭芷綺也勸過我：「兩個人在一起，互相喜歡當然很好，但若不是，到頭來就僅僅是一段沒有結果的糾纏而已，妳又何必執著？」

從前我沒把她們的話聽進去，現在回想起來，竟感到如此深刻。橫在我和邵彥文之間最大的問題，其實一直都是因為在這段感情裡，我們沒能擁有對等的付出及喜歡……

晚間，手機跳出一條陌生的LINE，我點開頭像，才發現是王薔。

這麼多年來，我們一直都不是會互相私訊的關係，甚至同在班級群組這麼多年，也沒加過對方好友。

「楊朵朵，我們明天約個時間單獨聊聊吧。」

我看著她單刀直入的訊息，心中並未泛起任何激動的情緒與波瀾。

我早就知道會有這麼一天，王薔會為了邵彥文找我。

因為她對他一向霸道，當作所有物看待，卻不曾認真檢視過自己的內心。

但我已經看清楚了，所以也就不會……再那麼受傷了。

巷弄內的咖啡店僅幾坪大的空間，坐進三、四桌客人便已然接近滿席。

我和王薔選了一處格外安靜的角落座位，點好飲品後，誰都沒有著急開口。沉默在我們之間蔓延，店員送餐時，似乎也感受到了這股不尋常的氛圍，舉止特別小心翼翼。

王薔姿態優雅地將玻璃茶壺內的花果茶，倒入精緻的飲用杯中，果香味四溢，裊裊輕煙襯得她臉上的神情更加令人難以捉摸。

老媽說戲如人生，原來都是真的。

此刻的我們，就像八點檔連續劇裡，氣焰囂張的小三找男主角正牌女友出來對峙的片段，差別只在於，相較於劇裡那些浮誇囂張的台詞，我們沉著冷靜許多。

手執湯匙攪動杯中的棉花糖熱可可，我思量片刻，正準備出聲，王薔就已快一步地問：「妳和彥文最近還好嗎？」

「妳是真的不知道嗎？」

「朵朵。」王薔勾起一抹刺目的笑，自信閃耀在她美麗的臉龐，像極了對我的下馬威。「妳知道的，我從來都不想介入你們之間。」

「是我介入你們之間才對吧？」我直言，「妳應該是這麼想。」

「的確……」她像是在觀察我，杏眼微微瞇起，講話完全不客氣：「我和彥文從小就在一起，國小、國中、高中到大學，對於我們來說，妳比較像是介入的那個人。」

而我也不甘示弱，「可這麼多年，妳身邊不也有許多男生來來去去的嗎？」

她沒有否認，卻說：「彥文在我心裡是無可取代的。」

「所以妳可以，他不行。」我諷刺地笑，「妳不覺得自己很自私嗎？」

「他放不下我。」王薔彎著嘴角，理所當然地開口：「這不就是妳討厭我的原因嗎？」

「是，因為妳根本不懂得珍惜邵彥文。妳只是把他當成一個所有物，想要的時候隨時都要能看見他，不想要的時候就棄置一旁，根本不在乎他會有多難過。」我瞪著她那不為所動、平靜的面色，板起臉繼續道：「我們交往的這段時間，妳又想盡辦法向我證明，在邵彥文心中，妳才是最重要的。妳做了這麼多，不就是想告訴我，我在邵彥文心中無足輕重嗎？」

聽完我這一席話，王薔故作訝異地低呼：「天吶！我沒想過妳會這麼想。」

「妳不要再惺惺作態了，對我沒用的。」我拆穿她的假面具，「妳很討厭我，不是嗎？」

「我的確不喜歡妳。」收斂笑容，王薔終於慢慢露出不悅的神色，「妳的條件沒我好，長相又一般，學習成績頂多算會讀書，並非特別優秀，妳認為自己有什麼資格跟我搶邵彥文？」

我不發一語，聽她繼續說：「從小到大，他的眼裡、心裡都只有我，如果不是妳突然冒出來，不要臉地糾纏他，整天跟在他屁股後面噓寒問暖，讓他心軟試圖想回應妳的感情，否則他現在還會在我身邊的。」

「他一直都在妳身邊，現在也沒變過！」我揪心地酸了鼻頭，「妳難道還不明白嗎？邵彥文即使跟我在一起，他的心裡也只有妳。」

王薔斂下目光，抿唇沉默，似乎在衡量著我說的話，展露出一絲不確定。

「真沒想到，妳也會有因為我的存在，感到不安的時候。」我譏笑，「妳不是自信滿滿嗎？妳不是認為我比不上妳嗎？那為什麼慌了？」

她矢口否認：「我哪有慌？」

「那妳今天找我來幹麼？」見她撇頭不言，我澀然開口：「妳就巴不得，邵彥文一輩子都望著妳是嗎？妳有想過……他的幸福嗎？」

「我並沒有強迫他。」

「一個願打、一個願挨，確實怨不得人。但既然妳從未考慮過他，為什麼就不能祝他幸福呢？」我悄悄握緊置於膝蓋上的手，壓抑住激動的情緒，「不要給他希望、不要再讓他對妳抱持期待，讓他徹底死心後重新開始。念在你們青梅竹馬的情分上，妳就不能對他仁慈一點嗎？」

王薔的眼底閃過一絲動搖，她張嘴想辯駁，卻遲遲道不出隻字片語。

「不要玩弄他，不要把他當作工具人。」我有點想哭，卻不願意在她面前示弱，不想讓自己看起來更加可憐。「邵彥文是真的很喜歡妳。」

「妳明明是他女朋友，居然還對我說這種話？」

我苦笑，「是啊……」深呼吸，撐住眼底的淚光，抵抗著內心逐漸發酵的情緒，力持平靜地問：「妳和邵彥文最近還有聯絡嗎？」

「當然有，他還是很關心我的。」她得意地回答。「怎麼了？難道他沒跟妳說我們還有聯絡嗎？」

我的心窩像鑽進了一根針，被刺得越來越深。「那有見面嗎？」邵彥文確實沒向我坦白，那天之後，他甚至刻意避免在我面前提及她的名字。

「沒有。」王薔搖頭，執起小湯匙緩慢地攪動杯中的花果茶，若有所思地說：「他怕妳介意，說我們應該避嫌。」

那不鏽鋼撞擊玻璃的聲響擾得我分神，思緒中浮現一絲焦躁，我揪住裙襬一角，納悶自己為何不能同她一般從容。

「想不到他還會拒絕妳……」

但我想邵彥文也拒絕不了多久的，只要是和王薔有關，他遲早會棄守底線地退讓。

「是妳不讓邵彥文跟我見面的？」

我胸口悶得發慌，實在不想繼續和她糾結在這樣沒意義的對話裡，「你們的問題，自己解決吧。」

「妳什麼意思？」

「妳要怎麼揮霍邵彥文對妳的感情，那是妳的事。」我垂下眼簾，輕聲開口：「我只希望以後，妳不要再因為妳和邵彥文之間的問題來找我了。」

「怎麼可能不找妳，妳可是他的『女朋友』。」

她特意強調我這層身分，眼裡卻盡是不把我當作一回事，勝券在握的自信。

我未答腔，冷冷地望著她。

或許王薔是看穿了我的心思，覺得既已達成目的，便無須再和我周旋。她嘴角滿意地上揚，背起名牌小方包起身，爽快地從桌邊取走帳單，「算啦，今天我請客，先走嘍！」

玻璃壺中的花果茶還剩下一半，我盯著玫紅色晶透的液體發怔，沒有目送她離去，眼前漫上一層薄霧，視線因此變得模糊。

什麼真心話都是虛無的。

想必邵彥文跟王薔說要保持距離時都已經告訴她了……

此行，王薔只是想確定我會不會和邵彥文分手。

她依然是那麼華麗的贏家，就和過去一樣。

一隻厚實大掌，驀地蓋上我的頭頂，我睜著氤氳的雙眼，還未轉頭，即感受到有人自後方俯身，一道醇厚好聽的嗓音隨之響起，輕聲安撫：「妳很勇敢，這樣就夠了。」

我愣著沒動，幾秒後驚見繞至我面前的男孩。

白逸噙著笑容，自動自發地坐進王薔方才的位子，雙肘撐在桌面，下巴抵著交握的十指，慢條斯理地問：「妳想哭嗎？」

我癟嘴睨他，沒答腔。

「不想哭的話，就把頭抬高吧，這樣眼淚就流不下來了。」他挑起一道好看的眉，又說：「或者——我的肩膀也可以借妳靠。」

「你為什麼會在這裡？」他的出現，意外地趨緩了我的難過，眼底的淚霧逐漸消褪，變回清晰的視線裡，只剩下他那張好看的面容。

「妳說，我們是不是挺有緣的？」

這個問題他之前問過，但我不肯承認，我覺得他跟蹤我的可能性還比較大。

「又不說話。」我想保持距離的態度，沒有令他打退堂鼓，即便我一句話也不說，他依然維持著對我的高度耐性。「看來，是很傷心了？」

我撇唇道：「你剛剛也沒有回答我的問題。」

「這間咖啡店我常來，老闆跟我很熟的。」

「騙人。」我不信。

於此同時，圍著一條黃色圍裙的中年大叔端著咖啡走過來，恰巧印證他的話，「誒？白逸，你怎麼換坐到這兒了？」

「Ken叔，她是我的朵朵。」

「誰是你的！」我差點沒從座位上跳起來。

大叔放下白逸喝了一半的咖啡，替我們收拾桌面，我趁機強調：「老闆，我只是他的學姊，同一所大學的。」

「還有同一所中學。」白逸微笑補充道。

大叔來回望著我倆，最後下了結論：「那你們肯定很有緣。」

我想否認，但他收拾完杯盤，和白逸寒暄幾句後就走了，我根本沒有機會插話。

沉下臉，我回過頭問：「你這人是不是一向這麼輕浮？」

白逸笑而不語，似乎不打算理會我的斥責。

我慎重聲明：「我可是有男朋友的人！」

「就算是輕浮，那也只有對妳一個。」他端著咖啡輕啜，修長的手指節分明，舉杯的姿態猶如展示商品的模特兒。半晌，不疾不徐地開口：「況且，妳這麼說就不對了，我有跟妳保持距離啊。」

「你這算什麼保持距離？」

「當然有了。」他氣定神閒地燦笑，挑眉道：「我都還沒開始追妳呢。」

我聽了差點沒暈倒，「你剛剛當著老闆的面，說什麼我是你的，佔我便宜……我才不是你的！我是我自己的！」

「不是男朋友的嗎？」

我被他突如其來的話給問傻，眨了眨眼，「啊？」

「既然妳是妳自己的，那就更應該好好珍惜自己才是。這個道理，妳不會不懂吧？」

「你到底在說什麼？」

「我從周治平學長那裡，了解了一些關於妳的事，也暗自觀察了一段時間，那天在食堂也是……」

我皺起眉頭，掠過他的細數，「你觀察我做什麼？」

白逸沒有回答，繼續自顧自地說：「剛才我就坐在妳後面，妳和王薔的對話我多少聽到了一些。」

他是後來才來的吧？因為我座位的方向背對門口，所以才沒發現。

「你這樣又是偷觀察、又是偷聽的，實在很沒禮貌。」

「我都已經明著說了，怎麼會是偷偷來呢？」

「我說不過你。」這麼會辯駁應該去讀法律系啊！讀什麼建築系？

收起笑鬧神情，白逸驀地認真問：「朵朵，妳知道喜歡一個人最難的，是什麼嗎？」

他忽然變得這麼正經，讓我有點不習慣。我頓了頓，才緩緩地開口：「……單相思嗎？」

「喜歡一個人最難的，不是單戀，也不是努力追求，而是放手祝對方幸福。」

我失足般跌進白逸那雙深邃的眼瞳中移不開目光，而那句聽似淺白卻飽含深意的話，猶如一顆投入我心湖的石子，在平靜的表層不斷地泛起陣陣漣漪。

「畢竟，很喜歡的話，怎麼能夠微笑祝福，看著對方和別人在一起呢？」他的語氣裡帶有試探，「妳說對吧？」

見我仍然靜默著，白逸誘導似地繼續道：「就像我堂妹，單戀我好朋友多年，即使被拒絕了也沒能馬上放棄。喜不喜歡一個人，都是自己心甘情願，別人說不了什麼，但到頭來，她心中最在意的，是萬一哪天對方喜歡上了誰，畢竟要眼睜睜地看著自己喜歡的人在另一個人身邊，是很難受的。」

白逸想表達的意思，我大概明白了。他體貼地繞了好大一圈，只為勸我。

那天見他對他堂妹的態度，不像是會插手管閒事的類型，甚至可能也不太懂得憐香惜玉，畢竟當時對方哭成那樣他都不為所動，淨說些冷言冷語的話。

但怎麼對我，他就不知分寸又這麼雞婆……

輕咬下唇，我吸了吸鼻子，抬頭迎向他溫淺的眼光，「其實，」內心默默地萌生出一個念頭，並為此而眼角溼潤，「我可以的。」

在被淚霧布滿的一片模糊中，我看見白逸朝我伸出手，抹去我差一點就要跌落的眼淚。

「朵朵，不哭了。」他說。

♥

我覺得自己那天在白逸面前掉眼淚非常丟臉。

而且，我們並不是特別熟的關係。

所以後來為掩飾內心的倉皇，我逃跑了，丟下他一個人，頭也不回地離去。

我想他應該會感到錯愕，或者覺得我這女人莫名其妙，但那都無所謂，反正一直以來，我和他的相識就是一場荒謬的鬧劇，包括我們的初次見面。至少，我是這麼認為的。

就讀景大這種被教育界譽為菁英匯集之地的知名學府，開學後的蜜月期自然不會太長，很快地校園祭、新生營結束，期中過後，教授們丟出排山倒海的實務作業、專題論文和大小考試，讓各系所學生淹沒在為學期成績奮鬥努力，昏天暗地的日子裡。

慶幸行銷系到了大四，只剩下學士論文和部分科目的小組報告，幾乎不考試，教授們熱衷於幫學生介紹實習工作，引薦畢業後的出路，希望能維持學校商科應屆畢業生不錯的就業率。

實習學分在行銷系非必修，但對建築系的學生而言十分重要，會影響他們大五最後一年的畢業成績。

從後半學期開始，周治平便在大作業和實習之間蠟燭兩頭燒，除了去實習公司，多半時間不是泡在建築系所的模型教室裡，就是拖著蕭芷綺陪他一起待在圖書館趕製圖。不曉得他哪來的管道，居然可以申請到圖書館內數量有限、炙手可熱的小組研討室。

「不要，我最討厭去那種人多又必須安靜的地方！再說了，我又不是建築系的，也不是你女友，憑什麼要我陪你？」

雖然蕭芷綺用這句話拒絕周治平許多次，見他癟著嘴，用鏡片後那雙小狗眼瞅她，一副快哭出來的模樣，她會暴怒道：「你是不是男人啊！這麼委屈給誰看！」

但最後，她還是會妥協，於是耳根子軟的我也得跟著受害。

因為，她會叫我陪她。

「雖說我們是陪周治平來的，但能借到小組研討室不容易耶，趁著圖書館環境好、氣氛佳，可以激發出人的上進心，妳是否該準備一下期末要交的報告？」我從筆電中抬頭，拍了拍翹著二郎腿，悠哉在一旁看漫畫的蕭芷綺。

「沒有啊，我的上進心就沒被激發出來。」一雙賊笑的眼神從漫畫後溜了出來，她還皮皮地朝我挑了兩下眉。

「到時候妳報告趕不出來，就不要打給我哭。」

「這麼多年來也就大二時那麼一次。」

「好，隨便妳。」反正她是打定主意不讀書也不寫報告，書包裡只裝了一疊漫畫書，標準來虛度光陰的。

「話說，周治平去哪兒了？」

說人人到，蕭芷綺才剛問，研討室的門就被打開，周治平捧著一堆建築參考書進來，身後還跟著一個貌美的白衣少年……

我嚴重懷疑，白逸不是在周治平身上裝雷達，就是找人駭進我們之中誰的手機裡定位了GPS導航，否則怎麼我去到哪裡都會碰見他？

蕭芷綺懷疑地偽笑瞇眼，「你不要跟我說，你們又是巧遇的？」

「不是，是學弟說他想畫作業，但模型跟繪圖教室都沒位子了，不知道能去哪裡，所以問我。」

「好端端的幹麼特別問你。」

周治平挺起胸膛，理所當然地說：「我是他的直屬學長嘛！照顧學弟是應該的。」

「我就沒見你以前有那麼照顧直屬學弟。」

「因為他們沒向我求助啊。」

「所以呢？」

「所以，我想說我們這裡還有一個空位……」彷彿怕蕭芷綺會責怪似的，周治平越說越小聲。

「好了，你別解釋了。」蕭芷綺舉手阻止他，神情古怪地瞥了我一眼後，突然揚起詭譎的微笑，親切地對白逸道：「學弟坐吧，你朵朵學姊旁邊有位子。」

我皺眉抗議，「我什麼時候變成他的了。」

她嬉皮笑臉地揉揉我的髮頂，「哎，口誤、口誤嘛！」

白逸拉開椅子入座，距離近得有些故意，而那雙飽含笑意的目光干擾著我，教人無法專心做事。

他根本就沒有打算要認真畫畫，不是閉目養神，就是手支側顏一味地衝著我笑，繪圖紙上幾筆而成的建築輪廓，隔了半個小時進度仍然差不多。

到底——

「我餓了，出去買東西吃。」蕭芷綺拋開手裡的漫畫起身，「朵朵，妳呢？」

「我不用，謝謝。」

周治平跟著站起來，一副跟屁蟲樣，「芷綺，我跟妳去！妳想吃什麼？」

「那不然你幫我買回來吧。」

蕭芷綺說完作勢又要坐回去，白逸卻出聲提醒：「學姊，圖書館內不能吃東西。」

她不以為意，一副老屁股姿態，「偷偷吃不行嗎？」

「研討室這麼大面落地窗，很明顯的。」

周治平贊同白逸的話，點頭如搗蒜，開門拉著蕭芷綺直往外走，「要是被檢舉，我就半年內不能再借了。」

「走就走，你別拉我！」蕭芷綺拍掉他的手。

他們離開後，研討室就只剩下我和白逸了，……

我考慮著要不要乾脆戴上耳機假裝聽音樂，避免他和我說話，但就在這猶豫的俄頃，他湊過來，幾近氣音地低語：「妳還傷心嗎？」

「咳，那件事情我沒有和芷綺他們說，所以……」我可以自己處理好的，不想再勞煩大家為我操心。

「我知道，所以我剛剛沒問。」

「你、你一定要靠我這麼近說話嗎？」

「也不是。」

「那不然你現在這樣是——」

白逸猝不及防地伸手捏住我的下巴，拇指腹施力、抹了抹我那處的肌膚，「妳看這裡，沾到藍筆漬了。」

一定是剛才用筆電邊查資料、邊在課本上做筆記時，不小心畫到的。

我轉動著眼球不敢與白逸對視，挪身向後緊貼椅背，想盡可能地與他拉開距離。

「我以為，妳對我不會害羞的。」白逸笑望著我，「難道，是怕我會對妳做什麼嗎？」

「哈、哈哈，你能對我做什麼……」我抬手揉了揉頸脖，感覺都要出汗了，「而且我不是害羞。」

「不然？」

「是要保持距離。」我深呼吸，鎮定情緒。

他聽話地稍微退開，「好吧。」

「還有，請你不要這樣一直看著我。」

「為什麼？」

「我會不自在。」

他不甚在意地扯脣，「久了就會習慣的。」

「這是喜不喜歡的問題，不是習不習慣的問題。」

「嗯，的確。」他認同地點頭，「我喜歡看著妳。」

我哭笑不得地說：「我有男朋友。」

「快沒有了。」見我張嘴想反駁，他乾脆直接堵住我的話：「難道不是嗎？妳那天不是說，妳可以放手嗎？」

對，我是想放手。

在和邵彥文之間的關係變得越來越難看以前，我希望我們能和平分手，或許未來，還有機會當朋友……

我知道邵彥文是怕我傷心，所以才隱瞞著。

這陣子他雖然表現得專心和我在一起，可手機從不離身，大概是想趁我不注意時回訊息，卻仍是被我發現了。顯然，王薔並沒有把那天找我出去談的事情告訴他。

我低垂眼簾，黯然地開口：「請你……不要這麼輕鬆地說出那些話。或許對你而言，你只是像個旁觀者般說出事實，但卻是我必須傷透心，才能做出的決定。」

「所以，」白逸認真地斂起笑容，「這次決定後，就不要再傷心了。」

「可人在愛裡，沒有不受傷的。」

「是嗎？」那雙清淺的眼中平靜無波，然沉靜的面容，卻隱約透出一抹溫柔。

半晌，白逸立身整理衣著，動手挽起法蘭絨襯衫的袖口，將兩邊都整齊地折到手肘，沒留意領扣開了。

「你領口的扣子……鬆了。」我好心提醒他。

他先是笑睨我一眼，接著將自己的座椅拉遠些，突然彎下一八五的身子，雙手搭在我左右兩側的椅臂上。

「不、不是說要保持距離了嗎？」他想幹麼？

「朵朵，幫我扣一下吧。」

我兩頰發熱，撇頭拒絕，「你有手不會自己扣啊！」

他皺眉裝可憐道：「那顆扣子很難扣的，我早上用了好久，根本扣不好。」

「那就不要扣了。」

白逸咧笑，靜靜地看著我不說話，也沒有打算退開的意思。不一會兒，見我沒反應，他居然過分地噘起嘴，拉了拉我的衣袖。

我錯了，不應該跟他白費唇舌，憑經驗而論，應該趕快幫他扣一扣，他才會放過我。

有這種覺悟後，我定睛在那顆鈕扣，掙扎了幾秒才迅速伸出雙手……嗯，確實不好扣，我拉近領口仔細一看，發現是因為鈕扣洞沒有開好。

稍微使勁地扣上後，我一抬頭便對著白逸那張近在咫尺的俊顏，倒抽了一口氣。

我捂唇驚呼：「你、你怎麼又靠更近了！」

「我沒有動。」白逸一臉無辜，「是妳拉的。」

我瞪圓眼，反駁道：「那還不是因為你叫我幫你扣扣子！」

然而我的驚慌，徹底取悅了他。

「有什麼好笑的……」

「笑妳可愛啊！」白逸笑容滿面地拉回椅子坐好，「我們朵朵，怎麼會這麼可愛呢？」

我蹙眉，不厭其煩地再次糾正他：「我、不、是、你、的！」

開門聲打斷我們的拌嘴，蕭芷綺板著一張臉回來，身後不見周治平，倒是邵彥文出現了。稍早他傳LINE問我下午會在哪裡，原來是要來找我。

「妳怎麼——」

沒等我說完，蕭芷綺便道：「有人來接妳了。」

她該不會是還在生邵彥文的氣吧？

我拉拉她的衣袖，小聲問：「怎麼啦？」

她不悅地撇唇，揮了揮手，「哎，快走、快走。」

「周治平呢？」

「他臨時被教授叫走了。」蕭芷綺坐回位子，雙手盤在胸前，轉頭朝白逸露齒一笑，「看來，只能你陪我了，學弟。」

這差別待遇，根本是巴不得在場的所有人都知道，她在不爽邵彥文。

我收拾好東西，起身緩步至門口，「那我走嘍。」

蕭芷綺看著漫畫，頭也沒抬地「嗯」了一聲，白逸則是微笑地望著我，似乎打算目送我離開。

其實，最近我慢慢覺得，白逸和楊珞應該是同一種人。

不輕易顯露情緒，總是一副沒心沒肺的樣子，但或許那些真心，都盡訴在他們狀似不經意的話語裡……

離開圖書館後，邵彥文問我有沒有想去哪裡，他的眼裡有著期待，但我選擇視而不見。

「我有點累了，想回家。」

他對我的回答感到失落，卻仍然體貼地說：「好，那我送妳回家。」

返家途中，我們的話很少，只是有一搭沒一搭地聊著天，尷尬、不自然的氛圍像在我們之間築起了一道屏障，不曉得該如何跨越。我也發現他掏出過手機幾次，似乎在查看來電顯示，可始終沒有接起，整個人變得心不在焉。

我想，是時候了。

「是王薔，對吧？」

邵彥文牽著我的手，頓下腳步，半晌才解釋：「這兩天，王薔的父母因為她大四下安排實習的事情，給了她不少壓力，所以……」

「所以她打來找你訴苦？」

他點頭默認。

我以為，只要預先做好準備，心就不會那麼痛了，但在這個當下，我依然覺得胸口像是要被撕裂開來。

原來，要放開喜歡的人，不管練習過幾遍都一樣難受。

「朵朵，我和王蕾真的——」

邵彥文用千篇一律的藉口想要安撫我，卻被我輕聲的一個決定而噤住了口。

「我們分手吧。」

過去我所有的不安，他無法想像，更無法體會；我那些漫長的等待和守候，或許讓他覺得心中有愧，所以想加倍地對我好，卻無法回報我真正想要的感情。

其實我也可以繼續裝作不在意地交往下去，但最難的，往往不是假裝，而是明知心裡有多在意，卻還在強迫自己把那些心酸吞下去。

「朵朵……」邵彥文緊蹙著眉，似乎想說點什麼，猶豫了很久，臉上的表情不是心碎，而是徬徨和不知所措。

「我們就這樣吧。」我鼓起勇氣再提了一次：「分手吧。」

靜默了一陣，他問：「為什麼？」

「就當我們都累了，這才是，最好的結果。」心很痛，可我還是將一抹淺淺微笑掛在臉上。

他可能會誤會，以為我是很輕鬆做出這個決定的。

邵彥文低下頭，語調喪氣又無奈：「其實我……站在研討室外都看到了。」

我沒有出聲，沉住氣地等他把話講完。

「我不是跟著芷綺一起去找妳，而是在研討室外碰到她的。」

他到底想說什麼？

「妳幫白逸扣扣子，你們看起來……很親近的樣子。」

原來如此。

「你認為我提分手，是因為白逸嗎？」

邵彥文的手握緊了又鬆開，神情略帶後悔，「朵朵，我不是這個意思……」

那是什麼意思？

否則，在這個時間點提出這樣的質疑，是為了什麼？

「我那麼喜歡你，直到現在，都依然喜歡著你……」我失望地吁出長氣，「但你卻始終不懂。」

「我只是希望，妳能再多給我一些時間。」

「當你連自己真正的心意，都不願意去面對的時候，我給你再多時間，也只是枉然。」此刻的我，總算體會到何謂欲哭無淚。「彥文，我們可以成為很合適的一對，但那終究不會是愛情。」

他語重心長地說：「付出全心去談一段感情，是很累的。」

「是啊。」我苦笑點頭，「你曾經付出全部的心意去喜歡王薔，就像我義無反顧地喜歡你一樣。但你明知道我想要的是什麼，卻仍然給了我相同的感受……」

邵彥文眼眶泛紅，「什麼感受？」

「就像這麼多年，王薔帶給你的傷害。」

「不一樣！」他否認道：「我是想用心對妳的。」

「是，你想用心對我，但你的用心，卻是隱瞞我、欺騙我，明明是去找王薔，卻騙我家裡有事，明明還有跟她聯絡，卻對我隻字不提。」

「因為妳會介意！」邵彥文激動地解釋，「我只是不想再讓妳傷心了！」

「不管你說與不說，我都會傷心的。這就是問題，難道你還不懂嗎？」那存在於我們心上的疙瘩，始終都在，而且已經太深了。

言盡於此，再多的辯駁都不具任何意義。

「彥文，你知道嗎？」我低著頭，鼻尖衝上一股酸澀，滾燙了懸在眼底的氤氳，「其實我對轟轟烈烈的愛情，還是有嚮往的，儘管我在你這裡已經遍體鱗傷了。」在我們這樣的年輕歲月裡，誰不想談一段不顧一切愛與被愛的戀愛呢？

邵彥文面露掙扎，握住我的雙肩問：「我們這樣不好嗎？」

「對不起。」一旦開始哭，就彷彿停不下來似的，只想要把心中的委屈全部宣洩出來。「有些感情是可以培養的，但我們做不到，我們都給不了對方想要的。至少，在你完全放下王蕾之前，我們是不會幸福的。」

邵彥文抱住我，不斷道歉：「朵朵，都是我的錯，對不起、對不起……」

我緊抓著他胸前的衣襟，難過得無法自抑，「我知道你盡力了。」

「我們……真的沒有轉圜的餘地嗎？」

他溫柔軟語地哄著我，在我耳邊說了一些話，但我無法答應。

「王蕾來找過我。」

邵彥文聞言，後退了一步，那雙望著我的眼底閃過錯愕。

「我跟她說，我不想再介入你們之間了。」

「朵朵，王蕾她是不是對妳——」

「你不用緊張，我沒關係。」淡淡地吐氣，我淺聲繼續說：「但我知道你放不下她的，你已經愛她那麼多年了。」

我不怪他當初為何提出交往，我相信他是真的以為，自己能漸漸地愛上我。但如果對一個人的感情可以理性交付，我們就不會一而再、再而三地將真心交給不懂得珍惜的人。

未來，無論邵彥文能不能守得王蕾的心，也可能，會出現另一個女人，給他一份他能夠回應的愛情，但那個人，都不會是我了。

「我不是故意傷害妳的。」

「你沒有傷害我，你只是不能像我喜歡你一樣，喜歡我罷了。」

邵彥文緊緊地握住我的雙手，而那捉握的力道中，有著太多的歉疚和抗拒這樣的結果。

「等過些時日……等我不再這麼傷心了，或許我們可以做回朋友。」他的幸福雖然不在我這裡，但我會學習祝福他的。「好嗎？」

他沒有回答，只問：「所以，妳已經決定了？」

我沉痛地閉了閉眼，「……是。」

邵彥文默不作聲，直到離去，留在我們之間的，僅剩無言以對。

我愛的人不愛我，愛我的人卻不是我愛的——這對邵彥文而言，本就是道無解的難題，而這樣的愛情，每天都在世界各地不同的角落重複上演著。

也許根本沒有標準答案，又或者最後結局會逆轉，但放棄亦是種選擇，聽起來像是個消極的決定，可未必是輕鬆容易的。

「妳逞強的時候，脊背都會不自覺地挺直。」

我佇立於家門口，聞聲驀然回首。

白逸走至跟前，臉上漫不經心的微笑一如既往，「那次在咖啡店也是。」他一手插在口袋，另一手拎著一本眼熟的冊子。

我看不太清楚，因為淚水佔滿眼眶。

「為什麼不進去?」他問。

為什麼我看見他,會更想哭呢?

「你怎麼知道我家?」

「妳記事本末頁的個人資料處有寫。」他將手裡的本子還給我,「它掉在研討室。」

應該是我從帆布袋裡抽出課本時不小心掉的。我不疑有他地將本子收回,扯了下嘴角,「謝謝你。」

「為什麼哭得這麼傷心?」他自然地抹去我滑落臉頰的眼淚,像是之前已經做過許多遍。

「站在家門口,又不進去。」

「不關你的事。」我煩悶地別開臉,不知道是在跟誰賭氣。

白逸直言不諱地問:「跟男朋友分手了?」

「你怎麼……」

「我剛剛聽到的。」他指了指我背對的方向,「我就站在那裡,但你們都沒發現。」

「你很喜歡偷聽別人說話。」我沒好氣地瞥他一眼,「就不懂得迴避嗎?」

「換作其他人的事,我才懶得管,但妳不一樣。」

「哪裡不一樣?」

「妳不是其他人。」他彎腰,與我平視,笑咪咪地說:「妳是朵朵呀。」

我板起臉色,「白逸,我現在失戀,沒心情跟你開玩笑。」

「那妳為什麼不回家？」

我不想回答他。

白逸輕嘆，拿我沒轍地開口：「我知道妳對這段感情付出了很多。」

「你怎麼知道？」

「記事本，我不小心看了一頁。」

我想起之前傷心時，曾在幾頁空白處寫下一些心情記事，瞬間覺得丟臉。

「你為什麼偷看我的東西？」

「不看怎麼物歸原主？」白逸唉聲嘆氣地抱怨，「誰叫我們沒有交換電話或LINE，妳也不肯加我的臉書。」

講得好像錯都在我一樣，這人臉皮真厚。「我要回家了，你走吧。」

「真的要回家？」他拉住我，「妳有自信不會在家人面前表現出異樣？」

等不到我說話，白逸接著道：「回房間後，妳打算做什麼？是要先整理掉他之前送妳的東西？還是先刪掉手機裡所有的訊息和從前甜蜜的合照？」

「白逸，你不要太過分！」他是不是把別人的傷心看作一樁笑話？

「在整理那些東西時，想起從前曾經擁有過的短暫美好時光，就難過地大哭一場，然後腫著雙眼，徹夜失眠等待天亮，以為會是全新的一天，卻仍舊那麼傷心。」

「你不要再說了！」我甩開他的捉握，「有趣嗎？看著別人傷心難過，講出那些對你而言不痛不癢的話，很有趣嗎？」

「不。」他再次抓住我，那瞬間的表情好認真，「誰都可以難過，唯獨妳不行。」

「為什麼？」他抓得緊，我甩不開，只能僵持地瞪眼，「關你什麼事？」

白逸再度揚起燦然的笑容，「因為我會心疼啊。」

「你現在，是在把一個剛失戀的女生嗎？」我覺得十分可笑，「你這些花言巧語，還是拿去用在其他女生身上吧！」

他堅定搖頭，「沒有別的女生。」

「白逸，我真的沒心情——」

「不如，我們去唱歌吧。」白逸忽然興致盎然地提議：「哪裡開始的，就從哪裡結束。」話落，他拖著我邁開步伐。

「什麼意思？」我愣怔地被他拖著走，「你怎麼知道我和邵彥文初識是在KTV？」

「周治平學長告訴我的。」

「他連這種事情都跟你說？」周治平這傢伙……我要去跟蕭芷綺告狀，讓她揍他。

「是我問的。」

「你到底為什麼對我的事情那麼好奇？」

「因為妳是朵朵呀！」

又是這句話。對，我是楊朵朵，那又怎樣？

他根本就沒有回答我的問題！

我不知所謂地垂首，盯著自己與他同行的腳步，悶聲問：「那你怎麼知道我是回家了，不是去了別的地方？」

「其實呢，你們離開研討室沒多久，我就追出去了。」他面露苦惱，「我看你們的背影，總覺得氣氛怪怪的，又不確定什麼時候上前比較不會尷尬，所以就一路跟在你們後面，直到妳家。」

他什麼時候會尷尬了？明明臉皮厚得跟輪胎皮一樣。

我指責道：「你知道你這個行為很像變態嗎？」不要以為長得帥，就可以凡事擁有豁免權。

白逸點頭，不痛不癢地回：「那也是一個關心妳的變態。」

「你不用關心我，我、不、需、要！」

他驀地停下腳步，害我差點一頭撞上去。

「妳現在很像什麼妳知道嗎？」

我摀住口鼻倒退一步，「什、什麼？」

「在跟男友嘔氣的女友。」

他真是有逼人飆髒話的本事，害我差點「屁」字就要罵出口了。

而且，我行我素的模樣簡直跟楊珞如出一轍，不知道的人還以為他們是姊弟呢！

「我是學姊，請你尊重點。」我試圖撥開他抓著我的手。

但他卻握得更緊，「有誰說妳不是嗎？」

我講不贏白逸，只能被動地被他拖著走。一路搭乘捷運，出站後又步行了一小段距離，抵達位於鬧區的一間KTV，白逸訂了歡唱兩小時，小型包廂內只有我們兩個。

懊惱地瞪著偌大的液晶螢幕，它正播放著預設的MV，我不懂自己為什麼會跟白逸來這裡。

總感覺，每次面對他時，就像在面對楊珞，他們身上都有種令人難以抗拒的特質。

「雖然……」

「嗯？」白逸坐在我身旁，昏暗燈光下，他清澈的雙眼依舊閃耀，而那眼底的溫柔，柔軟了我心頭固執的角落。

我深呼吸，倔強地說：「雖然我和邵彥文是在KTV認識的，但我不唱歌，你帶我來是浪費錢。」

「那吃東西吧。」白逸將菜單塞進我手裡，「聽說這間分店的東西特別好吃，我們有低消折抵，不要浪費。」

「你到底在想什麼？」

「在想妳。」他見我瞪大了眼，微笑補充道：「在想怎麼逗妳開心。」

「失戀都需要大哭一場，你現在讓我憋著強顏歡笑，回到家後，我只會更傷心。」

「我沒有要妳憋著。」他不知分寸地輕捏了一下我的臉頰，「但是不要一個人哭。」

「我們不熟，我不想在你面前哭。」

白逸不以為然地聳肩，「妳哭的樣子，上次在咖啡店我已經見識過了。那不然，」他掏出手機，「我也可以幫妳打給芷綺學姊。」

我趕緊壓下他作勢要撥電話的手，「你怎麼會有芷綺的電話？」

「妳離開後，我跟她要的。」

「然後她就給你了？」怎麼可能這麼容易？當初周治平跟蕭芷綺要電話時，被無視了至少十遍以上。

「嗯，她就給我了，還有LINE。」

要是被周治平知道，肯定會傷心死。

「芷綺對男生沒興趣。」我鼻孔噴氣，忽然覺得有點好笑，「你的手機裡該不會有一堆女生電話吧？」

「沒有，妳要檢查嗎？」白逸將手機遞到我面前。

我不感興趣地推開，「那是女朋友才做的事。」

他笑著收回，再次問：「妳確定不要我打給芷綺學姊？」

「過幾天，等我情緒稍緩，再告訴她吧……」因為我現在什麼都不想解釋、不想說。

白逸點頭表示理解，翻了幾頁菜單，念出網路上查到的推薦餐點，沒打算詢問我的意見，隨即拿起牆上的電話，向那頭的服務人員點餐。

待他掛上電話，我說：「你點那麼多，都超過低消了。」

「是我帶妳來唱歌的，今天所有消費，本來就應該由我來付。」

「你錢多嗎？」我問：「有打工嗎？」

「沒有。但獎學金有不少。」

我真不曉得該怎麼說他這個人……

「你的獎學金，也是經過努力、好不容易才得到的吧？不應該揮霍。」景大專設給建築系新生的入學獎學金，總共只有三個名額，特別難申請，需經嚴格的考核評比，與系主任協同兩位教授聯合面試通過，才能取得資格。

白逸勾唇，「這算什麼揮霍？」他優雅地疊起雙腿，十指交握扣在膝蓋上，「不過是多叫了兩三道點心。」

說不過他，我迴避目光，撓了撓鼻尖，「所以，我們現在要幹麼？」

「妳想哭嗎？」

瞥了他一眼，我抱怨道：「被你這樣一問，哪有人還哭得出來？」

後來，我們之間陷入一陣沉默，直到服務人員逐一上餐後，我便在白逸的催促下開始進食。

我不知道自己哪來的食慾，大概是想嘗試看看失戀後暴飲暴食的感覺，只要是能抒解心痛的方法，我都想試試。

「要喝酒嗎？」

「不要。」我酒量不好，不喜歡在外人面前失態，這點我還是挺堅持的。即使我知道，很多人都會借酒澆愁、借酒裝瘋，藉此減緩心裡的苦。

「妳真的不唱歌發洩一下？」白逸倒沒怎麼動筷，只是一直微笑盯著我看。「就算唱得很難聽，我也不會嫌棄妳的。」

「我五音不全。」

他挑了下眉。

「而且唱歌跟不上拍子。」

這次他努嘴、點了點頭，然後就放我繼續吃了。

不久，一首熟悉的前奏旋律響起，我的目光被迫從金黃薯條和炸雞翅上抽離……

我無法幫妳預言　委曲求全有沒有用
可是我多麼不捨　朋友愛得那麼苦痛
愛可以不問對錯　至少要喜悅感動
如果他總為別人撐傘　妳何苦非為他等在雨中

白逸在唱歌，以他那醇厚酥軟，不含雜質的純淨嗓音。

我從未想過，有一天失戀了，會有一個像他這樣的男孩子陪伴在左右，對我沒有任何要求，不管哭或笑都無條件接受，甚至是唱歌給我聽——

妳說妳不怕分手　只有點遺憾難過

隨著他的歌聲，我的情緒開始有了起伏變化，眼前MV的畫面逐漸模糊，但記憶中的片段卻歷歷在目般清晰……

我喜歡過邵彥文，在那些微不足道的小時光裡，我們曾經短暫地擁有快樂。他對我用心過，無論存在於彼此之間的是何種感情，都不枉費我們的努力。

我曉得，他一定也盡力了，這樣就好了。

可是——

分手快樂　祝妳快樂　妳可以找到更好的

分手快樂　請妳快樂　揮別錯的才能和對的相逢

離開舊愛　像坐慢車　看透徹了心就會是晴朗的

以後不要再那麼卑微地喜歡一個人了。

以後不要，再喜歡一個人，喜歡到失去自我……

或許是音樂太大聲，又或許只是我沒發現，等回過神來，自己已經淚流滿面。我的手緊緊地揪著胸前衣襟，如果可能的話，像是會在那裡摳出一個凹洞，因為疼痛難耐。

沒人能把誰的幸福沒收　妳發誓妳會活得有笑容
妳自信時候真的美多了

（〈分手快樂〉詞：姚若龍／曲：郭文賢）

白逸跟著副歌唱到最後，尾音落下的同時，他將手按在我的肩頭，規律地輕拍，沉靜地予以安慰。

這份溫柔，惹得我放聲大哭。

亂成一團的腦中不禁地想，若此刻陪在身旁的人不是他，那又會是什麼樣的場景呢？

白逸什麼也沒說，面紙一張一張地抽，再看著我把它們揉成鼻涕水餃丟到桌上，一片狼藉。

直到我哭累了，眼睛乾澀到再也擠不出半滴眼淚，他才講了一句很破壞氣氛的話：「其實，有垃圾桶。」

白逸挪動位置，伸長手臂撈來空黑桶，正準備收拾桌面，就被我快一步地提起來，將衛生紙全部掃了進去。

那些紙團都沾有我的眼淚鼻涕，怎麼好意思讓他來清。

「不哭了？」

我搖搖頭，感覺眼角一度溼潤，但不至於掉淚。

「妳那個……」他語帶保留，僅以手指比劃了一下我的臉，用著令人秒懂的方式。

好的，我妝花了。

望著白逸溫和的笑容，我只尷尬了幾秒，便放棄偶包這種東西了。

接過他禮貌遞上的衛生紙，意思意思地擦了幾下臉後，我問：「很醜嗎？」

「大概——」他衡量了一下，「半夜會嚇到人的程度？」

「那你怎麼還沒被我嚇跑？」

「我不能放著朵朵不管啊。」

「我之前就想問你，為什麼都不叫我學姊？」我吸了吸鼻子，皺眉道：「你都會稱呼周治平跟芷綺學長姊的。」

他四兩撥千斤地回答：「我們都這麼熟了。」

「我們不熟。」

「大家都覺得我們很熟。」

「那是你製造出來的假象啊！」

白逸抬手捂住胸口，裝出一副深受打擊的模樣，「妳剛剛哭我安慰妳，還唱歌給妳聽，朵朵，妳現在是過河拆橋嗎？」

我對他實在無語，往後倒向沙發椅背，稍微閉目養神。

「妳還難過嗎？」

「被你這樣一鬧，我沒有難過的心情了。」我後悔不已地冷聲開口：「我覺得自己很瞎，為什麼會跟你這種人來KTV，你根本不懂喜歡一個人是什麼感覺吧？你曾經為誰傷心過嗎？」他現在的想法，就和當時在涼亭處看著他堂妹那般傷心，是一樣的吧？

「這世界上，會讓人心碎的，難道就只有愛情嗎？」

這疑問聽上去輕如呢喃，令我的胸口莫名緊揪了一下，單憑語調及說話的語氣，和他剛才的態度完全兜不起來。我慢慢睜開雙眼，隨著他深沉的目光，跌入一股難以言喻，複雜的情緒之中。

「朵朵，我很努力想明白妳的感受，即使我不曾親身經歷過，但因為是妳，所以我願意了解。」白逸的眼中閃過難解的情感，他頓了頓，又接著說：「或許……我們經歷愛情的方式不一樣，那可能是因為，我喜歡一個人的方式本就與妳不同。」

白逸的態度，讓我無法質疑他話裡的真實性。如曇花一現般，我彷彿在那淺淺的隻字片語間，看見了他的真心。

於是，靜默半晌後，我向他敞開了心扉。

「從小到大，每次我喜歡上誰，總是無聲地、默默地付出，反正在鼓起勇氣告白之前，就會先被貼上『好女生』標籤。他們說我很好、懂得照顧人、細心體貼，可惜不會讓人心動，因為那些撒嬌、小女人的姿態，我都沒有。本來我也習慣這些評價了，直到遇見邵彥文。他是一個溫暖的人，像朋友也像哥哥，在一群男生裡特別成熟穩重，可偏偏他的好，被他喜歡的女孩子視而不見。」我澀然一笑，輕聲長嘆，「但我好想要啊……我想珍惜，我想讓他開心，想讓他知道也會有人看見他的好，所以當初才會決定主動追求。我從沒想過有一天他會接受，還問我要不要交往，那時，我是真的覺得好開心、好幸福，可最後，為什麼會變成這樣呢？」

為什麼會變得傷痕累累？

白逸無聲地凝望著我，流轉的眼波中，帶著十分克制的小心翼翼。

我感覺得到，他經過了一番猶豫，才緩慢地將溫暖的掌心，覆上我垂落於身側的手背，又斟酌了一會兒，才開口：「生命中，總會遇到幾段感情，雖然無法讓妳擁有美好結局，卻能使妳從中成長，看清自己想要和不想要的。」

這席話，令我再度眼眶泛紅。

他將我納入懷中，安置於胸前，「當一段感情走到盡頭，便不再需要去執著其原因或對錯。妳只要相信，一定會有值得妳珍惜，且以同樣的心情珍惜妳的人出現，抱持著這樣的期待向前，就可以了。」

原以為，白逸只是個弟弟，厚顏無恥還有些纏人，但此刻，他展現出超齡的成熟，和足以撫慰我情緒的認真穩重，竟讓我感到莫名地安心，慶幸此刻，能有他陪在身邊。

「你不笑我嗎？」我退開身，輕扯動唇角，難為情地以手遮面，「明明比你年長，還跟你說這些，就像初識情愛的少女……」

白逸低笑出聲，「不論是以前或是現在，妳在我眼裡都是少女啊。」

我放下手，蹙起眉頭，看進他那雙篤定的視線，對於忽然閃過腦海的幾幕模糊記憶，感到遲疑——

「白逸，我們中學時，除了那次在樓梯口初相遇，還碰過面嗎？」

第四章　白逸學弟

如果從來不曾開始過，你怎麼知道，自己會不會很喜歡、很喜歡那個人？

「當然了，但妳不是不記得了嗎？」

我靜坐於書桌前，盯著拉開的抽屜內，幾條零散的黑色電話線髮圈發呆。那已經是很久以前的小插曲了，這幾日我才突然想起來。

高三有一次上體育課，眼睛因為長時間吹風太乾，眨眼時一不小心右眼的隱形眼鏡就掉了，還好是拋棄式的。我怕只戴單邊會頭暈，所以連左眼的也拔掉，告知體育老師要返回教室戴眼鏡後，便獨自前往高中部。

沿途經過籃球場，場內有六名男孩子正在進行三對三比賽，圍觀群眾分別為支持的對象加油吶喊，鬧哄哄擠成一團。然而，就在我行經籃球架後方時，忽然聽見幾道夾雜著驚呼的警告聲：「同學小心啊！」、「快閃開！」我茫然地轉頭朝聲源望去，乍見模糊的橘紅色球體正朝我迎面襲來，當下措手不及，只能抱頭護臉。

可預料中的意外，並沒有發生。

在呼吸幾乎凝滯、凍結的那瞬間，一雙出現在我跟前的球鞋，穿過停格的畫面。

隔著短短幾步之遙的距離，有人接住了那顆籃球。

「好險。」那人大嘆了一口氣，嗓音含笑，「女生被籃球砸到臉，可是會破相的。」

他們的比賽似乎因此而暫停了，他沒有急著回到場內，反倒是和我站在界外處，向一起打球的同學們喊道：「所以我說嘛，你三分球又不準，幹麼急著投籃，這不就界外了，還差點打到人。」

「你少來！憑你們現在贏的那麼一點點分數，我們等一下還是可以輕鬆超越的！」

「願賭服輸啊！要是輸了，下課請吃冰。」

「那不行，我今天沒有零用錢。」男孩子笑著回完話，突然騰出一隻手靠近，繞至我後腦杓，未經詢問便擅自拆下我束著馬尾的髮圈。「這個借我吧，就當是我救了妳的報答。」

我瞇起雙眼，努力想以近視四百多的度數看清楚他的臉，可一切發生得太快，在我尚未看清之前，他已經轉身跑回場內。

「靠！你以為你把瀏海綁起來就會贏是不是？」

「你綁這樣超白痴的啦！」

「瀏海太長了，流汗會黏在額頭上，不舒服啊！不然我擦你身上。」

我聽到其他男同學們揶揄的笑語，和他嬉笑般的應答，才知道他是拿去綁瀏海了。

幾天後，那條髮圈回到我教室的書桌上，桌面一角還放了一罐我愛喝的麥香奶茶，聽同學說是有人一早拿來的，但不曉得是誰。

那個男孩……會是白逸嗎？

「妳還好嗎？」

這聲詢問，打斷了我的思緒，我轉頭一看，發現楊珞站在房門口。

「怎麼了？」

「我才想問妳怎麼了，敲門妳也沒反應。」

「只是……在想一些事情。」

「在想什麼？」楊珞帶上房門，走過來，於床緣落坐。「是在想邵彥文嗎？」

我搖頭，澀然一笑，「都分手了，有什麼可想的。」

她聳肩，不以為然地道：「妳正經歷失戀，還會想起他也是正常的。」

「是我提的分手。」

「但這段感情，妳付出的比較多，用的心也比較多啊。」

虎口撐著額頭，我疲憊地以指腹揉了揉兩旁的太陽穴，「我有時候真的很不懂妳。」

「我只是要說，如果妳想哭就別憋著，痛快地哭出來吧，因為這也是治療情傷的一種方式。」

「我已經哭過了。」這幾天半夜，我都是哭著睡著又醒來的。

「所以眼睛才變得這麼小嗎？」

我不想理她，翻了個白眼。

楊珞垂下眼簾，思忖後，收起戲謔的口吻問：「後來，是什麼讓妳下定決心分手的？」

沒料到她會有此一問，我微怔，簡單思考過後，才慢條斯理地說：「可能是因為……他讓我想起小姑姑的那個落跑新郎。」

其實，我想了很多，但事到如今，那些原因還重要嗎？

淺勾唇角，我把雙腳縮到椅子上，抱住膝蓋，將下顎靠了上去，輕描淡寫地開口：「那個男人，最後還是跟初戀女友走了不是嗎？無論小姑姑待他多好。」

楊珞靜靜聆聽，並未急著發言。

我掂了掂思緒，苦笑著繼續道：「可能我也怕了，怕會走到那樣無法挽回的地步，怕到那時候，我也會像小姑姑一樣，花好長的時間，去賭有沒有一個人，能成為讓傷口癒合的解藥。」

「妳很聰明，不是嗎？」楊珞微笑，「至少沒有繼續浪費時間。」

「呵……曾經付出了感情，要連根拔起，也是很疼的。」說完，我眼眶又不爭氣地紅了。

「既然決定了，就不要後悔，也不要回頭，只要看著前方的路就好。」她傾身，握住我的雙手，「朵朵，不要活在我的光環之下，更不要因此而感到痛苦，我從來沒有想過要帶給妳壓力，或成為妳遙不可及的榜樣。」

原來，她還記得我之前說過的話……

「我知道很不容易。」楊珞輕嘆，語氣略微顫抖，「那些拿我們做比較的人，都是不重要的，根本不值得一提。因為，真正喜歡我們的人，會看見我們本質上的不同，會分別欣賞我們的優點，將我們視為獨立的個體。」

「我沒事，妳別擔心。」雖然有時候自卑和不安感會無預警地作怪，偶爾也會忍不住埋怨，但因為心存家人之間的親情與愛，那些負面情緒終究會釋懷消散。

「妳不是問我，是否曾經用心喜歡過任何人嗎？」見我點頭，楊珞的神情增添一抹無奈，視線變得有些縹緲，明明是面對著我，目光卻落到了遠處。

「高中時，我有一個很要好的男生朋友，同窗三年間，我們都坐在一起，幾乎每天一起複習功課，一起放學回家，聊天談心無話不談。以前我不曉得那就是愛情，還認定彼此只是很好的朋友。後來，他考上外縣市的大學，在畢業前向我告白並吻了我，當時我很生氣，責怪他為什麼要越過友誼的界線，還狠狠地拒絕他。我花了很長一段時間，甚至愚蠢的直到聽見他和別的女孩子交往，才後知後覺心中對他的感情。但因為喜歡他，所以我比任何人都希望他幸福……」

「所以，妳沒有告白。」我記得，那男生好像姓徐，很久以前聽她提起過幾次。

「對，我沒有告白，到現在，我們都是好朋友。」楊珞的眼眶裡含有淚水，因為逞強而嗓音破碎，「可是這層朋友關係，卻讓我對他的喜歡，至今都無法忘懷。」

「那他呢？」

「他要結婚了，前陣子，我收到了喜帖。」楊珞揚起的嘴角，除了苦澀，有的是更多的無奈，「妳現在還會覺得羨慕我嗎？」

我望著她，答不上話。

其實，聽她說完這些，不知為何讓我感覺到一股釋然，像是心頭拴緊的螺絲鬆開了，壓在上面沉甸甸的情緒被卸下。

我們總在羨慕別人美好的人生，卻沒想過，那些看似無憂無慮、瀟脫的人，也有他們的困擾。或許光鮮亮麗的背後，有著說不出口的為難，他們得到的一切並非理所當然，而是同樣經歷失敗挫折、奮力掙扎而來的。

「那些追求我、條件好的男人，都不是我想要的，但我真正想要的，卻永遠只能埋藏在心裡了。」

「這些年，妳有過幾個交往的對象，我以為……」

「妳還不明白嗎？」楊珞淺笑低嘆，「我和邵彥文，恐怕是一樣的。」

她和邵彥文一樣，儘管心裡裝著別人，卻仍想試著去接受身旁待自己好的人，最後兩敗俱傷……

「我沒辦法祝福妳和邵彥文，就是因為我太清楚了。」

「難道都不可能再喜歡上別人嗎？」我不懂，「王薔對邵彥文又不好，那只是一廂情願的付出，根本——」

楊珞打斷我的話，「她對他好不好，只有當事人說了算，那是他們之間的事，旁人是無法置喙的。」她輕攬我的肩膀，無聲喟嘆，「至於他會不會再喜歡上別人？或許會，但妳和邵彥文之所以變得如此，不就是因為，妳知道自己不會是那個人嗎？」

「妳是因為這樣才主張不婚的嗎？」

「我只是不確定，還能不能像喜歡他一樣，再喜歡上另一個人。」抹去泫然欲泣的表情，楊珞迅速地調整好情緒，聳了下肩，「況且，聲稱不婚，才不會被爸媽逼婚。」

「原來妳和我一樣死心眼。」

「不，妳比我勇敢。」她伸手，動作輕柔地替我順了長髮，淡淡地開口：「我其實沒資格說妳，即便滿口愛情的大道理，一旦遇到和自己有關的，卻是一塌糊塗。但我希望妳幸福，我希望我的妹妹，會比我幸福。」

我承不住情地低下頭，睨著腳尖，不知為何突然感到一陣心酸。

「如果王薔喜歡上邵彥文，那他們應該會是很幸福的一對吧。」

「這不是妳該關心的事，妳只要管好自己就行。」

「我已經決定，下次要找一個他喜歡我，比我喜歡他更多的男人，好好享受被呵護、被寵愛的感覺。」

「前天送妳回來的那男孩子就不錯啊。」

我真後悔那天讓白逸送我回家，否則也不會在家門口遇到剛好返家的楊珞，被她撞見。

「顏值比邵彥文高很多，爸媽應該會喜歡。」

「我跟白逸不可能。」

「為什麼？」

我屈指數道：「第一，我剛失戀；第二，他年紀比我小，今年才大一；第三，他長得太帥，我會沒安全感。」

「妳這些都只是藉口。」

「我這叫理性思考。」

「愛情是沒有道理可言的。」

「但至少我可以保留選擇權。」

「那多可惜啊。」楊珞向後仰，以兩掌抵住床面，撐住上半身，「我覺得他應該喜歡妳。」

我哭笑不得，「拜託……不要亂講，他怎麼可能喜歡我？」

「為什麼不可能？」楊珞分析說道：「有哪個男人，會願意花心思哄一個失戀，為別的男人哭的女人？他陪著妳、帶妳去唱歌、哄妳開心、送妳回家，還禮貌的跟我打招呼、自我介紹，只差沒跟著踏進家門見爸媽了。」

「妳越說越離譜。」

「如果他不喜歡妳，上述那些事情都不可能發生。」

「他只是見證了我跟邵彥文的分手過程，覺得我可憐而已。」

「覺得一個女人可憐的這種情緒，是不會讓一個男人願意為她擋風遮雨的。」

「他又沒為我擋風遮雨……」

「如果妳肯接受他，他會的。」

「妳也不過就那天在家門口見到他，短短幾分鐘而已。」

楊珞眨了眨眼，笑容充滿自信，「我很會看人的，而且我的第六感一向很準。」

「我就當作沒聽見妳說過這些話。」

我承認那天在KTV包廂，白逸是有安撫到我的心情，也讓我覺得他是一個不錯的男孩子，但再怎麼樣，最多也就是把他當成弟弟，我並沒有打算和一個長相及各方面條件都優秀的學弟談戀愛啊……

更何況，他怎麼可能會喜歡我啦！

♥

走出失戀情傷的日子雖然煎熬，卻遠比想像中平復得還快。

邵彥文偶爾還是會傳LINE給我，但沒有提及復合，只是出於對我日常的關心。

剛分手頭幾天，每回看見他的訊息，都會感到呼吸困難、胸口悶痛，難過得三秒就能落淚，可經過反覆的心痛和哭泣後，殘留下的，就只剩悶悶淡淡，解釋不清的委屈情緒。

從兩個人變回一個人，這樣不適應的過渡期，並未發生在我身上，也許是因為和邵彥文交往時，我們沒有經常黏在一起。不曾熱烈過的情感，結束後，能回憶的甜蜜有限，也就不至於那麼難忘了。

蕭芷綺在得知分手的消息後，反應比預期的還要冷靜，聽我描述完分手的經過，只說：「大四沒人要。楊朵朵，妳很有guts（勇氣）耶！居然在大四這年讓自己恢單喲？」

我明白這是她的體貼，她不多問，是怕我回想起過去會難過。

況且，那些安慰的話，她知道白逸都已經說過了。

「白逸告訴妳那天帶我去KTV的事了？」

「當然，他帶我的好閨密單獨去KTV，肯定得向我報備啊！」

「你們兩個是串通好的嗎？」

蕭芷綺一臉坦蕩，「誰串通好了，我才沒那麼無聊。」

「但妳很爽快地就把手機號碼和LINE都給他了。」

「那是因為，他說他喜歡妳啊！」

「他喜歡我什麼？」我冷聲哼笑，壓根不信，「他喜歡我怎麼會是跟妳要聯絡方式？」

「因為妳不給他啊！他說妳臉書不加他好友，所以電話跟LINE就更不用說了。」蕭芷綺義正詞嚴地道：「但透過我取得妳的資訊不太好，他怕我為難，所以就要了我的。」

「周治平要是知道，肯定哭死。」

「隨便他哭，哭死最好。」她說得沒心沒肺的。

「妳這差別待遇……」我真是為周治平抱屈。

「不過，聽說他現在已經有妳的LINE和電話，不需要我了。」

那天離開KTV，白逸送我返家途中，我拗不過他的胡攪蠻纏，最後還是給了。雖然警告過他沒事不准煩我，否則就把他封鎖加刪除，但這威脅絲毫起不了作用，他仍然三不五時LINE我，淨說一些不正經的話。而我，卻沒能真的狠下心封鎖他，頂多是轉靜音跟已讀不回。

我投去一眼，「講得好像很遺憾一樣，妳什麼意思？」

蕭芷綺搓了搓下巴，裝模作樣地嘆氣，「只是覺得有點可惜……」

「妳就這麼喜歡他？」她很少對男性如此友善的。

蕭芷綺翹起二郎腿，手肘頂在桌面托著下巴，「嘖，妳真不識相。白逸在學校多受歡迎啊，成天有那麼多女孩子追著他、跟他上課，隔著窗戶玻璃用手機拍他。」

「妳又知道了？」我將注意力移回筆電裡的小組報告，準備把其他人負責的部分，連同我寫的併成一份word檔。

「我怎麼會不知道？」蕭芷綺翻了一記白眼，「周治平那傢伙，整天在我面前炫耀他這位學弟有多優秀，只差沒有因為白逸宣布出櫃了。」

「他怎麼可能出櫃？」我頭也不抬地說：「人家喜歡的是妳呀！」

「那妳看看我。」她伸手在我面前揮了兩下，「哪裡像女的？嗯？」

我搖頭，笑而不語。

下課鐘響，同學們沒急著離開，估計是小組討論得太起勁兒了，但與實質的報告內容無關，幾乎都是在「純聊天」。

李嫣手裡抱著幾本書，單肩背著水桶包走至我桌邊，關心地笑問：「怎麼樣？還好嗎？怎麼只有妳們兩個？」

「其他組員都翹課了。」教授上週就預告今天會留後半堂時間給各組討論報告，我們這組進度快，大家都很盡責，昨天就把資料寄給我了，所以也沒必要留下。

「沒問題吧？」

「當然。」整理得差不多，我闔上筆電，簡單收拾了一下。

李嫣左顧右盼後，微彎下身，壓低音量道：「朵朵，聽說妳分手了？」

大學就是個小型社會，八卦傳播的速度更是有過之而無不及。我不意外，點頭坦言：

「對，我和邵彥文分手了。」

「妳沒事吧？」李嫣的表情看上去像是真的關心慰問，而非一般的場面話。

我微笑回應：「嗯，沒事。」

「她怎麼會有事？」蕭芷綺在一旁插嘴，「分手是她做過最正確的決定了，拍手鼓掌都還來不及。」

「那就好。」李嫣點點頭。

我見她垂下眼簾輕眨了眨，微啟的唇瓣看似有些欲言又止，於是問：「怎麼了？」

李嫣躊躇地開口：「其實，我有件事……但不知道該不該提……」

我和蕭芷綺默契地交換了一記眼神，靜待她的後續。

「我想邀請朵朵參加週五晚上，由我負責主辦的聯誼活動。」

蕭芷綺忍不住噴笑，「都大四了還聯誼喔？」

「大四還是可以聯誼啊。」李嫣認真地說：「要把握在校最後一年認識男生的機會啊，不然出社會後，工作環境裡遇到的好男人，多半不是有交往對象就是已婚了，想談戀愛簡直難如登天。」

「這倒是。」蕭芷綺斂笑，推了我一把，「朵朵，妳剛失戀，正好可以去，多認識認識其他男生，才能盡快忘卻情傷。」

我皺了下眉，面露猶豫。這樣真的好嗎？

李嫣積極道：「我們目前還少一個女生，正愁找不到人，結果就聽聞妳分手了，所以我——」

她話說到一半，就被經過的王薔出言打斷：「她還需要聯誼嗎？」

「王薔，妳什麼意思？」蕭芷綺繃著臉立身，單手插進兜裡，目光如炬地瞪向她。

「沒什麼意思啊。」王薔無辜地眨了眨眼，笑說：「只是上次我和朵朵出去喝咖啡，臨走結帳時，看見一個男生坐進了我原本的位子，從互動上來看，好像和朵朵很熟的樣子，所以我以為，她已經有新對象了。」

蕭芷綺不信，瞥了我一眼，「妳們最好是會相約去喝咖啡啦！」

我拉住她的手，以眼神默認了王薔的話。

鬧哄哄的教室，瞬間變得鴉雀無聲，周圍的同學們雖然沒有明目張膽地投以目光，卻都豎起耳朵偷偷聆聽我們的對話，準備獲取新鮮八卦。

王薔脣邊一抹得意的微笑，見我不發一語，追問道：「難道我說錯了嗎？」

「那個男生是我。」

一句突然插進來的話語，立刻奪去眾人眼球，他們交頭接耳，對正朝我走來，高眺俊逸的身影議論紛紛。

「他不是建築系一年級的新生白逸嗎？」

「他和楊朵朵很熟？怎麼可能？」

那些話傳入王薔耳裡，她不可置信地上下打量著擋在我們中間的人，「你就是白逸？」

「當然是我。」他含笑的語調從容不迫，「朵朵如果太受歡迎，我可是會很煩惱的。」

這傢伙，講得好像我都沒行情似的，雖然……也是事實。

「你們的關係，一直都很好嗎？」王薔來回看著我們，眼神裡像是在盤算著什麼。

蕭芷綺憤慨地站出來袒護我，「誒，這到底關妳屁事啊？」

王薔無畏她的反彈，故作驚訝地挑釁道：「不會吧？朵朵，難道妳是因為白逸才和彥文分手的嗎？」

此話一出，再度引發同學們的熱烈討論，瞬間令我成為眾矢之的。

我無奈低嘆，有口難辯，現在這個情形，再怎麼解釋，都只會越描越黑。

然而，白逸卻說話了：「我也希望是這樣。」他帶著無比遺憾的口吻道：「可惜，朵朵的心裡只有邵彥文，她不喜歡我，也不肯接受我。」

教室內一片譁然，白逸這段間接告白，可想而知絕對會成為本學期最勁爆的八卦消息。

如果現在有地洞，我肯定毫不猶豫地鑽進去，或者我可以像鴕鳥一樣，直接把頭塞進土裡……

這出乎意料的展開，令蕭芷綺目瞪口呆，更豎起了大拇指，「白逸學弟實在太帥了！」

我壓下她的手腕，對於目前的場面感到頭疼。

王薔和白逸像兩個小孩一樣，互不相讓地以眼神較力，經過一番纏鬥後，自知贏不了白逸的王薔，臉色難堪地憤然離去，周圍留下來聽八卦的同學們覺得沒趣也跟著鳥獸散。

始作俑者泰然自若地轉身，朝我咧開迷死人不償命的微笑。

「你怎麼會在這裡？」我問，額際的太陽穴隱隱跳動。

「我有LINE妳，說要來找妳。」

我把和他的聊天室調成靜音了，根本沒看到。

李嫣神情複雜地看著我們，支吾開口：「那朵朵，週五的聯誼……」

「聯誼？」白逸淡淡挑眉，「妳要去聯誼？」

我本來還沒決定，但被他這麼一鬧，為闢謠言，倒是讓我興起想參加的意願……

「如果妳已經有對象了，那——」

「我沒有對象。」我急欲撇清誤會，忙不迭地點頭，「我去！」這也算是還了李嫣之前那封訊息的人情。

李嫣擔心地瞄了白逸一眼，「朵朵，妳確定嗎？」

「確定。」

「那詳細的資訊我再發LINE給妳，我們這次是和建築系聯誼。」

「也是大四嗎？」蕭芷綺問。

「對。」

蕭芷綺低喃：「那不就是周治平那班嗎？」

「嗯，不過聽說有幾個是資工系的。」

我疑惑問道：「資工系？為什麼？」

「周治平那班滿多男生都死會了，建築系的很搶手嘛！」蕭芷綺倒不意外，雙手盤胸揶揄道：「人數不夠，只好找別系來湊，景大資工系多宅男啊。」

我撇脣睨她，「反正妳置身事外，就等著看戲是吧？」

「我不聯誼的，我有妳就夠了。」蕭芷綺伸出食指，調戲地勾了一下我的下巴。

「不正經。」跟白逸一個模樣，難怪他們會一拍即合。

李嫣離開後，蕭芷綺追問我和王薔相約喝咖啡的事，我簡短地做了解釋，但她仍然悶悶不樂，氣我老把委屈憋在心裡，不肯讓身為閨密的她分擔。

在旁沉默許久的白逸，待我安撫完蕭芷綺，才出聲問：「朵朵，妳真的要去聯誼嗎？」

「你怎麼還在這裡？」

「妳還沒回答我。」

「你不是聽到了嗎？」

白逸的心思教我捉摸不定，我本以為他會介意，結果他僅輕聲地說了一句：「好，我知道了。」

「你的朵朵學姊要去聯誼，你應該祝福她，早日忘掉情傷。」蕭芷綺伸手拍了拍他的肩膀。

白逸不置可否，跟著我和蕭芷綺一同離開教室。

蕭芷綺和其他朋友有約，與我們在學校側門口分別，等她走遠，白逸問：「妳要回家嗎？」

「不然呢？」

「不跟我一起吃飯嗎？」

我搖頭，自顧自地走，「不要。」

「那我送妳回家吧。」

「白逸……」我懊惱地停下腳步，板起臉轉向他。有些話我想應該趁早和他說清楚比較好，「我很謝謝你對我的好，但是，我真的不喜歡這樣的糾纏，這一點都不有趣。」

「糾纏？有趣？」白逸斂住笑容，「我沒想過妳會這麼想。」

「難道不是嗎？」我深呼吸道：「你不僅跟芷綺說，今天還在我的班上，當著大家的面說喜歡我，鬧著玩也要有限度，你這樣讓我很困擾。」

「我的喜歡，讓妳覺得困擾嗎？」

「你不喜歡我的。」無論他裝得多逼真，我都不會相信，「你只是覺得新鮮好玩。但我已經大四了，真的玩不起這種遊戲。」

白逸靜睨著我，臉上出現前所未有的認真，他向前一步，將我們之間的距離縮得更近。半晌，開口道：「朵朵，妳不是問我，為什麼不肯喊妳學姊嗎？」

這個時候不能退縮，否則會顯得立場不夠堅定。我仰頭與他對視，「對啊，為什麼？」

白逸鮮少如此，眼底蓄滿壓抑的情感，未含一絲笑意，卻是無盡的溫柔。他讓我內心一陣慌亂，胸口泛起的疙瘩，悄悄地成為了搔癢般的悸動。儘管我裝作一副冷靜自持的模樣，騙得了別人卻騙不過自己。

「因為我不想只和妳維持學姊、學弟的關係。」

我移不開視線，愣愣地嚥下一口口水，感覺胸腔內的心臟，正失序般狂跳。

「你是學弟，沒錯啊……」

白逸失笑，神情有些挫敗，緩了緩氣道：「朵朵，每次我說喜歡，都是很認真的，可妳從來不信。」

「你怎麼可能喜歡我……」他就是在開玩笑，比他年長的我又如何能當真呢？「你為什麼會喜歡我？」

「因為——」白逸似笑非笑地勾脣，握住我的右手，輕鬆而又慎重地說：「妳親了我啊，第一次見面的時候。」

「你的話裡，沒一句真心。」真是教人無語，虧我剛剛還差點……「你對很多女孩子都是這樣的吧？」

白逸眼神微變，手腕稍加使力，將我拉入懷中，「沒有其他女生，只有妳一個。」

他的身上，有一股淡淡的白檀木香，以及衣物晒過陽光熨燙過的氣味，乾淨好聞，就和上次在KTV包廂內，他輕抱著我時一樣的味道。

過去和邵彥文擁抱時，他身上經常是沒有任何味道的，偶爾他會噴香水，但那過於充滿男性魅力的芬芳，卻從不得我喜愛，因為我知道，那是王薔在他某一年生日送的禮物。

以前我一直認為，善解人意、寬容體諒，無私的感情，才是真正喜歡一個人應有的表現。可後來我發現，當你真心喜歡一個人的時候，是會變得很狹隘、自私，並且渴望佔有，所以一個人的心裡，是容不下兩個人的。

我推開白逸，兩頰微燙，困窘地張望。

「怕什麼？」輕柔地替我把垂落於胸前的長髮撥回肩後，白逸淺笑問：「怕被人看見我們在一起？」

「我、我們哪有在一起！」他能不能別老說這些會讓人誤會的話？

白逸笑而不語，明亮的雙眼散發著光彩。

「我要回家了。」

「我送妳。」

「不要你送。」我丟下這句，大步向前。

某人置若罔聞，依舊跟在身側。

轉眼入冬，路上的行人們厚外套、大衣、圍巾不離身，忽然冷冽的陣風吹拂，凍得人直打哆嗦，但不知道是不是因為有白逸高大的身軀替我擋風，所以我並不覺得冷。

他沿途都很安靜，直至抵達家門口，我從包裡拿出鑰匙，正準備插入門孔時，才從我背後出聲：「朵朵，我會對妳好的。」

我回頭，與他溫柔沉靜的臉龐相望。

「我會照顧妳。」

「你對我而言，就是個弟弟，不是男人。」不要給我惹麻煩就很好了，還照顧我咧！

「弟弟也好，只要能陪在妳身邊，我不介意。」

我抿了下唇，睨著眼前白逸認真的神情，心中冒出一絲猶豫，「你真的……喜歡我？」

白逸毫不猶豫，再次肯定地告白：「我喜歡妳。」

我傻楞楞地與他對視，失神的眼底，隨著內心消化完過多的情緒後，驀地竄起一陣熱辣，臉頰更似有火在燒。我眨了眨眼，鬆開眉目，暗自唾棄自己沒用，壓抑慌張道：「天冷，你、你快回去吧，拜拜！」話落，拉攏繫在脖子上的圍巾，轉身開鎖進門。

這是第一次，被一個男生這樣直球告白。

背抵門扉，我低頭，雙眼淚霧蒸騰。不是因為感動，不是因為心裡覺得委屈，而是突然覺得感慨。

女孩子難免會幻想能在青春年華的歲月中，等到一句真心實意的告白，被人全心全意地喜歡。

我也曾經，滿心期盼過。

但白逸的喜歡，讓我感到徬徨且不知所措，很不真實。

像他這樣條件優秀的年下男，就不是我會考慮的類型啊……

國際行銷管理課開始前的兩小時空堂，我和蕭芷綺沒地方去，於是在校內飲料店旁的戶外傘座區，挑了一處側邊的位子坐著打發時間。

正巧這個時段在飲料店打工的輪班人員，是蕭芷綺三年級的直屬學妹，甫見到我們，便嚷著要請我們試喝近期將推出的四季春奶茶。

蕭芷綺不愛喝奶類飲品，說要把送的其中一杯留給周治平，自己則是向學妹點了大杯的無糖普洱烏龍。

「他要來找我們嗎？」

蕭芷綺邊滑手機，咬著飲料吸管說：「他把模型作業交給系主任後，就會來找我們。」

「最近他好像很忙。」

「實習公司的專案，他提出的簡報被駁回了，這幾天都在熬夜重新規劃。」

「妳怎麼知道？」

「他每次熬夜都會拖我陪他吃宵夜啊！」

學校男女宿舍沒有門禁，他們都住校，夜生活比較精彩。我笑了笑，「妳還是對他很好的嘛！」

「我是受不了他煩。」

我點開手機月曆，本想算算離期末報告繳交還剩幾天，結果看到下週那被我每年特別標記的日子。每年那天，蕭芷綺的心情都會不太好……

「喏，妳看，八卦版果然出來了。」她將手機螢幕轉向我，「『耗子遇上貓，白逸男神當眾告白行銷系大四學姊』，親愛的，妳現在爆紅了啊。」

「為什麼？」我連看文的興趣都沒有，無奈地問：「誰是耗子？誰又是貓？」反正那些貼文內容，基本都是無中生有，為了騙點閱率，不惜捏造事實。

「小老鼠是妳呀。」

「我比他年長好不好！」我抗議道。

「但妳一遇到白逸這隻貓，就沒轍了。」

「我那是懶得反抗好嗎？」

蕭芷綺興味盎然地壞笑，「那就只有等著被抓。」

「妳到底是不是我朋友？」

「我覺得白逸不錯啊，要不，妳考慮一下？」

我斬釘截鐵地搖頭，「我不喜歡年紀比我小的，也不喜歡長得太帥的，更不喜歡輕挑、油嘴滑舌的！」他沒有一點符合我理想對象的標準，「況且，有哪隻老鼠會愛上貓的？」

蕭芷綺笑得一副看透我的模樣，「妳這麼抗拒，感覺有點越描越黑。」

我氣鼓雙頰，乾脆撇頭不說話了。

周治平趕來與我們會合，脫下背包後，指著桌上退冰的飲料問：「咦？這杯是誰的？」

蕭芷綺道：「你的，四季春奶茶。」

「這麼好，妳買給我的嗎？」

「你想得美。這是我學妹送的。」

周治平坐下，插進吸管喝了幾口，皺著臉說道：「哇，好甜啊！」

「全糖的，當然甜。」

我瞥見蕭芷綺那記促狹的笑容，她還真是包藏禍心，怪不得會指名送這杯給周治平，原來她私下特地要求學妹把它做成全糖的。

「太甜就別喝了，小心得糖尿病。」我說。

「那怎麼行，這可是芷綺給我的。」

「又不是她買的。」我在桌下輕踢笑得東倒西歪的蕭芷綺，要她收斂點。

周治平笑咪咪的，神情滿足，「她有想到我就好。」

「真傻。」我忍不住咕噥。

又喝了幾口奶茶，周治平問：「妳們剛在聊什麼？」

「在聊白逸喜歡朵朵的事。」

「我也有follow那則八卦。」周治平得意地揚起下巴，「我就知道學弟是喜歡朵朵的！」

「但我們朵朵不喜歡啊，她覺得白逸輕挑、油嘴滑舌。」蕭芷綺支手撐頭，嘴巴銜著被她咬扁的吸管。

「輕挑、油嘴滑舌？」周治平瞪大雙眼，驚呼：「怎麼可能！」

「怎麼不可能？」我控訴：「那傢伙經常說話佔我便宜，嬉皮笑臉沒個正經。我看，他對每個女生都這樣吧？」

「才不是。」周治平搖頭，「我之前聽一年級的學弟妹說過，白逸對女生們的態度一律都是禮貌、疏離，之前新生營結束後，陸續有女同學向他表白，都被拒絕了。那天，他們班幾個女生看到白逸和妳單獨在小組研討室內，很開心的樣子，還驚訝地跑來問我你們是什麼關係呢！」

「想不到啊，白逸居然獨獨對妳這麼特別。」

我默不出聲地朝蕭芷綺橫去一眼。

「朵朵，你真的對白逸一點好感也沒有嗎？」周治平問。

我的思緒有些混亂，牽動了下嘴角，遲遲答不上話。

「我知道她要說什麼。」蕭芷綺代為開口：「她不喜歡年紀比她小的，不喜歡長得帥的，沒安全感。」

周治平面露不解之色，「年紀小不好嗎？」

「我對談戀愛本來就沒什麼信心，從以前到現在，男生們對我的評價，多半都說我是好女生、像媽媽……」

蕭芷綺冷哼道：「那是中學時臭男生不懂事，開玩笑的吧？」

「無論是不是開玩笑，反正經歷過和邵彥文的那段感情後，我想清楚了，我要找一個能照顧我、愛護我，比起我喜歡他，他會更喜歡我的人。」

「那這和年紀有什麼關係？」

「白逸是弟弟啊，難道我還指望一個弟弟來照顧、疼愛我嗎？」

「妳介意的那些條件，在我聽來根本不算什麼。」蕭芷綺翻了個白眼，翹腳道：「喜歡一個人，應該是無條件的。說到底，妳只是還沒對白逸心動罷了。」

她說的明明很有道理，但為什麼我的內心深處，會升起一股不確定感呢？

「嗯……我覺得，朵朵對學弟應該是有好感的耶。」周治平難得和蕭芷綺持相反意見，「有時候，正是因為心動了，才會抗拒，不是嗎？」

「那就要看朵朵是怎麼想的了。」蕭芷綺投來微笑的目光，手托下巴，「妳對白逸，當真一點感覺都沒有嗎？」

其實，白逸告白的那晚，我上網搜尋過關於姊弟戀的經驗分享，發現女生接受不了年下男的理由，通常不外乎擔心和男方走在一起，會顯老不相配，但刻意打扮年輕，又變得不像自己，久而久之，心裡產生委屈；而弟弟戀上姊姊的原因，多半是離不開女方的善解人意、不吵不鬧與獨立成熟等優點。可是身為女孩子，難免會希望被呵護，希望對方能讓自己撒嬌依賴，偏偏年齡帶來的歷練差距，經常使得女方在日常生活中，扮演照顧者的角色，而當遇上衝突時，便會需要自我排解。

比起像個姊姊或媽媽，女生有時候，寧願自己只是個女友。

我知道真心喜歡上一個人的時候，這些問題根本不算什麼，更何況我和白逸並沒有差很多歲。

但我怕麻煩，不願思考任何會把情況變得複雜的可能性，私心地希望他只是個弟弟，彼此間維持著沒有疑慮和煩惱的關係，才是我現在最需要的。

思忖後，我說：「我不喜歡他。」

「妳確定？」

我不會喜歡他的，「我確定。」

蕭芷綺嘆氣，「哎，那沒戲了，妳週五還是好好去聯誼吧。」

周治平訝異地推了把鏡框問：「朵朵週五要去聯誼嗎？」

蕭芷綺笑道：「她呀，受人所託，即將獻出大學生涯裡的第一次。」

我皺起眉頭，「什麼第一次，妳講話可不可以不要老是這麼曖昧不明的。」

「第一次聯誼啊。妳亂想什麼？」她裝得一臉正經。

一旁周治平面有難色地開口：「那個……」

我和蕭芷綺同時看向他，「怎麼了？」

但某人吞吞吐吐了好一陣子，也沒說出所以然，最後仍是不了了之。

♥

聯誼活動辦在週五晚上六點半，於不起眼的巷弄內，一間裝潢溫馨雅緻的公寓咖啡館舉行。

小坪數的室內空間，光是招待我們這一組十二位客人，就已經差不多滿了，只剩下幾處雙人的零星座位。

參加者相繼抵達後，氣氛開始活絡了起來。

負責此次活動的男女公關各司其職，分別確認好人數，並將預先詢問過，每人選定的餐點統一整理出一張明細表列給櫃台人員。

我還以為，大學聯誼安排的節目，不外乎就是抽鑰匙、上山看夜景之類的，結果李嫣前天LINE我說，這次他們可是很用心地舉辦活動，還在網上參考了一些有趣的互動遊戲，絕對能讓我們盡興而歸。

我和其他人不熟，等候開場的期間，只能呆坐在位子上，臉上掛著官方式的笑容，偶爾與鄰座同學虛應地寒暄幾句。眾人像在市場裡挑菜似的，交頭接耳、七嘴八舌地討論起來參加的男女。

李嫣手裡拿著名單，邊和男公關核對人數，邊說：「欸，豆子，你們男生還少一個。」

戴著一副粗框眼鏡，體型微胖，綽號豆子的男生向門口望了一眼，喃喃自語道：「應該快到了才對呀……」

「周治平真的會來嗎？」李嫣狐疑地挑眉。

周治平？他居然有報名聯誼？

「不是，他說他找了——」

說時遲那時快，豆子話才講到一半，店木門便嘎嘎作響，繫在上頭的風鈴搖曳出清脆響聲，出現在門口的人，眉目俊朗、身段高䠷，一襲長版大衣，宛如從韓劇中走出來的男主角、翩然而至，令在場十幾個人瞬間安靜了下來。

「這不是四年級的聯誼嗎？白逸怎麼會來？」

建築系有人道出了大家共同的心聲。

李嫣微啟脣瓣，愣了幾秒，「不是周治平嗎？」

豆子解釋道：「他找了白逸頂替他。」

白逸在眾人注目之下，坐進預留的空位。白淨俊逸的臉龐，綻出教人宛如置身於春日，心花開的燦爛笑容，「學長姊不好意思，我遲到了。」

「沒關係、沒關係，活動也才正要開始而已。」

世界就是這麼不公平，帥哥能擁有絕對特權，要是換作一般人，早就被噓了。

「和白逸配對的話，不就要談姊弟戀了嗎？」

「我看很難。白逸多受歡迎啊，怎麼可能會喜歡學姊？」

「之前學校論壇不是有一則貼文爆料，白逸喜歡楊朵朵嗎？」

「哎，騙人的吧？那肯定是鬧著玩的。」

我聽見坐在旁邊的女生和她朋友之間的耳語，心顫了一下。

白逸為什麼要代替周治平來參加聯誼……

待一切就緒，李嫣敲響玻璃杯作為開場，大致說明一遍今天聯誼的主要目的和流程後，大夥兒便開始依序抽籤，一男一女、兩兩分組。

白逸因為最晚來，被取消抽籤資格作為小懲罰，而在抽籤唱名的過程中，我的名字一直都沒被配對成功，所以——

「看來楊朵朵要和白逸一組了。」豆子宣布。

分好組別，李嫣要求大家動身更換座位，同組的男女必須坐在一起。這個環節的遊戲，各小組需要互相採訪對方，限時十分鐘，之後每個人要以輪流的方式，介紹自己的夥伴給其他人認識。

我看著白逸被換到我身旁的位子，忍不住在心裡吶喊，我是來多認識新的異性，現在卻跟他一組，哪還有什麼機會啊！

有沒有搞錯……

這傢伙最擅長的，就是把簡單的事情複雜化，論壇上傳出那樣的緋聞後，要是又被證實了互動頻繁，肯定會被有心人士加油添醋，到時候不就一發不可收拾了嗎？

我越想越恐慌，於是招來李嫣，附唇在她耳畔小聲道：「我想要換組。」

李嫣的表情十分為難，「沒辦法啦，大家都分好了……」她瞄眼坐在另一側的某人，尬笑說：「妳跟白逸不是比較熟嗎？同組也沒有什麼不好啊？」

「可是我——」

「學姊妳忙吧。」白逸靠過來，一手搭在我的椅背上，「朵朵交給我就好。」

他一定是存心跟我過不去的！

我皺著一張臉，轉頭瞪他。

「朵朵，我們要把握自我介紹的時間。」他微笑提醒。

「我們有什麼好自我介紹的，都那麼——」驚覺自己差點講出不該說的話，我瞪圓了眼，趕緊住口。

「都這麼熟了。」他替我把話講完，燦亮的雙眼緊瞅著我，「原來，我們還是有達成共識的。」

我自知理虧，改口問：「你到底為什麼會出現在這裡？」

「治平學長被同學陷害，擅自替他報名這次的聯誼，他不想來，但豆子學長說，如果他不來，就得找個人頂替他的缺，剛好被我知道了這件事，我就自告奮勇，代替他出席。」

我突然明白周治平那時的難以啟齒，原來是怕蕭芷綺知道他被同學陷害報名了聯誼，會介意生氣。

這周治平未免也擔心太多了，蕭芷綺要是會在意的話，他還需要單戀那麼久嗎？

「這是大四的聯誼活動，你一個大一的，來湊什麼熱鬧？」

「因為妳在這裡啊。」

我抱頭呻吟。為何我就是拿他一點辦法也沒有？

豆子手裡拎著幾罐啤酒，經過我們身後時問：「你們要喝嗎？」

「不喝。」

「不能喝，我還未成年。」

聞言，我瞠目結舌，錯愕不已地看向白逸。

他剛剛說什麼？

他、他他他還未成年！

「喔對，我都忘了。」豆子點點頭，摸了摸鼻子，移往下一組。

不只比我年紀小而已，居然還未滿十八歲嗎？

我腦仁一陣生疼，頓時感覺頭暈目眩，「我、我們差了幾歲？」

「四歲吧。」白逸的回答，像有餘音繚繞的效果般，在我耳內不斷回聲播送。

他居然才十七歲而已！

我無法形容此刻擴散在我胸口的震驚，幾乎快令我喘不過氣，「那你為什麼是讀大一？」

「我跳級了。」他的笑靨在我面前張揚，「我和我堂妹都是。不過我的聰明是天生的，至於芸菁嘛，她算是後天努力，因為想和她那個暗戀多年的我的好友同班。」

我抬手撫唇，想確定它有沒有合攏，免得看起來太痴傻。

「妳不知道嗎？」

「我不知道。」

白逸笑著靠近，「那看來，我有必要向妳做一次詳細的自我介紹。」

我推開他，語無倫次地開口：「你、你們家族的基因可真強大……居然把你生得這麼優秀，那你爸媽肯定……」但話未盡，我便選擇閉上嘴，因為察覺白逸臉上的笑容，在我不知道說錯了什麼之後，瞬間消失。

「你怎麼了？」

他沉默地望著我，表情變幻莫測，直到各組互相採訪的時間結束，都沒有說話。

接下來，每個人要開始以輪流的方式介紹夥伴。

然而，其他人說了些什麼，我根本無心細聽，因為白逸方才的反應，實在讓我感到莫名地心慌、在意。就連輪到我介紹他時，都被大家噓聲說很敷衍隨便。

「誒，做學姊的怎麼這樣，不能因為配對的對象是個小學弟，就這樣敷衍了事啊！」

我無法反駁，更驚覺自己對白逸的了解，實則少之又少。

但他不一樣，他似乎早在正式認識我以前，就已經懂我了……

「朵朵她啊，雖然表面上看起來堅強自信、勇於追求，其實，那都是為了掩蓋她內心缺乏的安全感。她對喜歡的人和身邊的朋友，總是願意無條件付出，只要能讓對方開心，她就會感到快樂，像個傻瓜一樣。朵朵很可愛，真正懂得欣賞她的人，絕對能看見她的好，更不會拿她和別人比較。」

「你們要不要乾脆在一起算了？」

聽完白逸的介紹後，眾人笑著起鬨，紛紛地下了這個結論。

白逸瞥了我一眼，可愛地噘嘴，「朵朵嫌棄我年紀小。」那模樣，簡直要迷倒在場的女孩們了。

「我什麼時候嫌棄過你年紀小了？」

「治平學長說的。」

周治平那傢伙怎麼可以出賣我，把我們私下討論的事情告訴當事者！

「就、就算是那樣，」我抿了抿唇，低聲抱怨：「你裝什麼可愛？都幾歲了……幼稚！」

「妳不是認為我還是個小孩子嗎？」

「你這算什麼小孩子？」長得又不像只有十七歲。

白逸湊到我耳邊，把聲音壓得很低很低，「那妳要跟我在一起嗎？」

我使勁搖頭，卻管不住一顆差點跳出胸腔的心臟。

隨著節目進行，我逐漸有種被坑的感覺，要是早知道一開始分好的組別是固定的，我絕對會力爭換組到底。現在倒好，經過那麼多場遊戲環節，我都只能跟白逸綁在一起。在各組玩得漸入佳境後，豆子居然加碼拿出道具，說要幫大家爭取福利，玩一個極其曖昧的「圈或叉」遊戲。

我和白逸抽到第一組上場，大家拍手叫好，興高采烈地準備看戲。

李嫣舉著一張橫向畫有圈和叉的大紙板，隔在我和白逸中間，並逐步說明遊戲規則：「首先，你們得把手牽起來。」

「為什麼？」

三杯黃湯下肚的李嫣兩頰微醺，笑呵呵地說：「這個遊戲的規定就是這樣嘛！」

我很想反抗，但白逸笑咪咪，十分配合地迅速伸過來握住我的雙手，「牽好了。」

「非常好。」李嫣滿意地點頭，「接下來，豆子會問你們幾個問題，如果答案是『肯定』的，就把嘴嘟起來，靠近這個『圈』的符號，反之，就靠向『叉』。」

我聽完她的講解，直接不想玩了，偏偏手又抽不開，因為白逸握得很緊。我想用表情向李嫣打pass表達我的不滿，但已經玩嗨的她，壓根不理我。

於是，豆子開始念題目了：「喜歡會唱歌的異性嗎？」問完後，他沒給我仔細思考的時間，就開始倒數三、二、一。

白逸唱歌好聽，我當然要選擇不喜歡。

我飛快想著，自認聰明地嘟嘴靠向「叉」，結果李嫣一把板子拿開——

這個世界，彷彿在一瞬間靜止了，眾人歡樂的鼓舞聲都被阻隔於外，我盯著眼前放大的俊顏，腦袋登時冒出許多不應該生出的念頭。

比如他沒有噘嘴，他的皮膚真細緻，他右眼角下的那顆美人痣，在他笑的時候，會像朵綻放的花般，襯得那張俊顏更加迷人等等，這些不著邊際、亂七八糟的事……

白逸原本就長得……這麼好看嗎？

「朵朵，發什麼呆呢？」豆子手裡的題目紙在我面前晃了幾下。

我回過神，忽然說道：「好熱……」

「熱？」李嫣表情醺然，賊笑道：「少來，妳又沒喝酒。」

我心虛地找藉口，「白、白逸手握得太緊，很熱。」

聞言，白逸臉不紅、氣不喘，還一臉正經地說：「握緊點，才不會跑掉。」

豆子持續炒熱氣氛，一連問完幾題，又說要再加碼。

我幾乎快坐不住地揚聲抗議道：「哪有這樣的！」

「最後一題，好不好？」豆子雙手合十，「拜託，不要掃興嘛！大家都看得很高興耶！」

我皺起眉頭，「我又不是專程來取悅大家的。」

「哎，楊朵朵，經過那幾道題，你們的選擇都一致，這就代表你們很合適，很有默契啊！

有什麼不好的？」有人出聲。

當然不好！

就是因為選擇都一樣，有幾次板子拿開時，差點都要親上了，所以我才會覺得臉頰和脖子越來越熱，心跳根本停不下來。

「那我要念題目嘍！準備——」豆子不顧我的意願，從數張名片卡中隨機挑出一題問：

「喜歡會撒嬌的異性嗎？」

這種問題怎麼選？

喜歡的人不管會不會撒嬌，我都喜歡啊……

豆子一口氣倒數完，抽開板子的霎時，我看見白逸和我一樣，都沒有做出選擇。

李嫣哇嗚了一聲，驚喜地道：「你們這默契簡直了！」

周圍的同學們也跟著拍手叫好，起鬨道：「在一起、在一起、在一起——」

我喉嚨一緊，掙脫白逸的捉握，納悶地開口：「你為什麼不選？」

「因為不管妳會不會撒嬌，我都喜歡。」

他為什麼總是可以當著眾人的面，說出這樣的話？

就好像……不怕會後悔一樣……

第五章　我希望你能幸福

愛情應該是無條件，不需要努力，卻讓人在不知不覺間，無法抗拒。

我徹底慫了。

換下一組進行遊戲的時候，我趁亂逃跑。

還以為能神不知鬼不覺，結果離開咖啡館不久，就被白逸追上。冬夜裡，萬籟俱寂的巷弄內，響起他的低喊：「楊朵朵，妳別跑！」

我倏地停下腳步，不敢動，深怕他再喊一次，會引來附近住家的抱怨。

白逸長腿一邁，繞至我跟前，「妳要回家了？」明明他剛剛叫住我的聲音，聽起來略帶薄慍，怎麼現在又變溫柔了，嘴角還噙著笑意。

「嗯，晚了。」我攥緊包包的肩背帶，一雙眼不知道該往哪兒放。

「我送妳回去。」

「不、不用。」楊朵朵，妳真沒出息，結巴什麼……

白逸用我的話來堵我的嘴，「晚了。」

與他對視幾秒，我無奈地放棄堅持，「好吧。」

白逸滿意地笑容更深，沒有刻意保持距離地走在我旁邊，我們的肩膀不時會摩擦輕碰，他不甚在意，但我想像了一下，以我倆現在這畫風，是不是很像十七、八歲時，和喜歡的人走在一起那樣的曖昧？

喔，差點忘了，他的確才十七歲而已……

「妳今天玩得開心嗎？」

「你覺得呢？」我側過頭，笑容扭曲，「你是故意的吧？」

「故意什麼？」

「你不喜歡會唱歌的女生？」

「妳不是不會唱歌嗎？」

這句反問，把我堵得無語。所以玩遊戲時，或許我們並非有默契，而是他就是照著我的條件和狀況去選的……

「妳真的想藉著聯誼找新對象嗎？」

「這不是你該關心的事。」

「就不能考慮我一下嗎？」

「你怎麼可以問得這麼自然啊？」我實在很難理解他。

「妳依然不相信我喜歡妳，對吧？」

「不信。」我望著前方，悠悠地開口：「你不是說，喜歡一個人最難的，不是單戀，也不是努力追求，而是放手祝對方幸福嗎？」

白逸拉著我停下腳步。

「那你是做不到祝我幸福嗎？否則為何要一直糾纏我呢？」我淡然抬眼，「如果你真的喜歡我的話。」

我只是想過平凡的生活，談一段平凡的戀愛，他為什麼非得這樣攪和？

「因為妳不一樣。」白逸目不斜視，脣邊勾起淺淺笑痕，語氣不輕不重地說：「我希望妳的幸福會在我這裡。」

我的心緒，沉重得化不開，忍不住嘆氣，「你難道就不能只當學弟嗎？」

「朵朵，我喜歡妳，但我不會強迫妳接受我。」微弱的燈光映照在白逸的臉龐，將他的神情暈染得清透又溫柔，「法國作家西蒙．波娃的著作裡，有一句話我很喜歡，她說：『只有你也愛我，我愛你這件事情才有意義。』」

「我不懂。」我覺得他十分危險，曾幾何時，光是這樣站在他面前，我的一顆心就會七上八下的。

「在妳喜歡上我之前，我的感情對妳而言，是沒有意義的。」稍停片刻，白逸繼續說：「朵朵，我沒有表現得太認真，是怕妳會有負擔。」

我別過眼，繼續往前走，「你一直說你喜歡我，那你到底是從什麼時候開始喜歡我的？」

「可能是從……那天撿到妳記事本時，看見裡頭記載的內容，上面寫滿朋友、同學們的喜好、喜歡的東西，愛吃和不愛吃的食物，覺得妳特別貼心？」他很沒誠意地道歉：「對不起，我不只看了一頁。因為太想多了解妳一點了。」

記事本上的內容，多半是之前策劃班級團康活動時，順便記下的。

「偷看別人的東西，真的很不禮貌。」不要說伸手不打笑臉人了，就連此刻看著他的臉，我就是生氣不起來。

「可能是，我看見妳為邵彥文付出的努力，看妳為他笑、為他哭，所以心疼了。」

「你該不會整本都看了吧？」我有些咬牙切齒。

「朵朵，妳照顧別人，而我來照顧妳。」白逸專注地凝望，輕聲問：「不好嗎？」

不好。

我在心裡犯嘀咕，卻沒能直接拒絕。

「又或者是更早之前，我們在樓梯口相遇，妳親我的那時候，就對妳心動了也不一定。」

「我哪有親你？」我們在這點上的認知差距還挺大的。

白逸止步，握住我的手腕，將我扳正於身前，與他面對面。「如果，我可以知道自己是從什麼時候開始喜歡上妳的就好了。這樣，我就會早點來找妳了。」

他冷不防地伸手繞至我腦後，拆掉我束著馬尾的電話線髮圈，「我喜歡看妳放下頭髮。」

這一幕太熟悉，令我愣了一下，不禁脫口而出：「你就是當年在籃球場上的那個男生，對不對？」

白逸垂下眼簾，沒有回答，只是幫我重新圍好繫在脖子上的紅色格紋圍巾。

「你怎麼知道我喜歡喝麥香奶茶？」

沉默半晌，他嗓音壓抑地開口：「朵朵，我在妳背後做了很多，但妳並不知道……」

「我沒有要你默默為我做那些啊！」一陣鼻酸無預警襲來，視線隨之漫上氤氳，不知道是因為他的溫柔，抑或是他的話語勾出了我的心酸，「有什麼意義呢？」

那雙明亮的眼底，閃過濃濃的情緒。

「我又不喜歡你！」這一刻，我彷彿在他身上看見了從前的自己，胸口隱隱地泛起疼痛，於是說話跟著尖銳，「為什麼要像我一樣？傻傻地對一個不喜歡自己的人付出那麼多？倒頭來什麼都沒有。」

白逸探手，以指腹抹去我眼角的珠光。

我才發現自己不爭氣地哭了。

「你又不是我。」我哽咽，「有那麼多人喜歡你……」為什麼偏偏要選擇我呢？

我們都不是非那個人不可啊……

白逸吁出口氣，遇冷空氣而產生的白霧，朦朧了他臉上的神情。他將我擁入懷中，「喜歡一個人，不就是如此嗎？」

街角的路燈下，我們相依的身影在地面拉得好長好長。

他溫暖的體溫環繞著我，聽我任性、抗拒地一遍遍說著不喜歡他的話，始終沒有離開。

我知道自己這樣很殘忍，但一廂情願的感情，有多難受、多寂寞，我不希望白逸和我一樣，我不值得他浪費時間。

雖然我的心底，似乎有一道不一樣的聲音，在回應著不同的答案……

♥

「明天，我就不去找芷綺了。妳陪陪她，好嗎？」

昨日傍晚，我收到周治平的LINE私訊。這幾年，皆是如此。

周治平答應過蕭芷綺，每年的這天，他不會出現，因為要留給她和過去那段懷念的時光告別，以及那一份，他不會輕易碰觸、不會想取代的記憶。

「你也單戀芷綺很久了，一直這樣下去，真的沒關係嗎？」

往年我都會任由他的選擇，只回：「我知道，你別擔心。」但今年，我特別感慨。

雖然蕭芷綺是我的好閨密，我希望有個人能真心疼愛她、照顧她，但那也要等她準備好了，才不會耽誤對方的時間。

周治平從一開始就很清楚，對上蕭芷綺，他是一點辦法也沒有，無怨無悔地付出到最後，不是得到真愛，就是落得一場空。

以前我常納悶，為何蕭芷綺就不能狠心拒絕周治平，給他一個痛快呢？

但後來想想，人和人之間的緣分都已經很微妙了，更遑論是愛情，又有誰能說得準？

當年我和蕭芷綺變得熟識，是在大一入學後一個月。那日傾盆大雨，她沒帶傘，剛好老媽忘了我平時就有隨身攜帶雨具的習慣，出門前又多在我包裡塞了一把，於是我便把其中一把借給了她。

正巧同一天，蕭芷綺撐傘經過建築系門口時，遇見抱著畫紙，愁眉苦臉地站在屋簷下的周治平，也不曉得她是哪根筋不對，一時起念好心送他回宿舍，竟成為後來他們糾纏至今釐不清的緣分。

雖然蕭芷綺經常在我耳邊叨念著悔不當初，但依我看來，她也並非真的對周治平全然無心吧……

「我們都會因為喜歡一個人，做出許多傻事的。而『等待』對我來說，也是一種表達心意的方式，因為你為對方付出的，是寶貴的時間。」

周治平的深情令我動容，而他的勇敢和執著與我不同，更加地堅定且溫柔。

今天是那個男孩逝世的日子，我知道蕭芷綺會去哪裡，上午兩堂課結束後，便動身出發。

校門口旁的公車亭乘椅上坐著一名女孩，戴著頭罩式耳機在聽音樂，目視前方低哼著歌，女孩的側臉看上去有點眼熟，當我走近時，她正巧轉過頭來。

我好像在哪裡見過她，但又不是十分確定——

女孩似乎認出了我，摘下耳機，表情顯得驚喜，「是妳！」

「妳……」

「楊朵朵。」她先是喊了我的名字，接著直言：「我堂哥喜歡的學姊！」

她是白芸菁，白逸的堂妹，我想起來了。

「妳怎麼知道我……」

「堂哥跟我說的。」她挪了個空位給我坐，「我過目不忘，見一次面就記得了。」那眉目挑起燦笑，嬌豔的臉龐美得動人。

這家人的好基因，果然是天生的。

「妳在等公車？」

「是呀，妳要等幾號？」

「二十一號。」

「那我們不一樣，我等七十七號。」

「妳等很久了嗎？」

「我剛錯過一班。」她將耳機收進包裡，邊道：「喔，妳的那班也剛過。」

這兩班公車都特別難等，現在又是離峰時段，看來有得等了。

本來我還擔心，僅有一面之緣的我們會相處得尷尬，結果白芸菁的個性與她那帶有距離感的美麗外貌截然不同，實則熱情外向、無話不談。提及她喜歡的那位男孩子時，更是滔滔不絕。

「妳現在還喜歡他嗎？」我問。

白芸菁想也不想地點頭，「當然，我是不會輕易放棄的，只要他還沒遇上喜歡的女生，我就有機會。」

「妳都不會害怕嗎？」

她明白我的意思，垂首笑了笑，「莎士比亞說過：『愛情是一朵生長在絕崖邊緣的花，要想採摘它必須有勇氣。』」

喜歡引用名言，這點他們堂兄妹倆倒是挺像的。

白芸菁笑得堅強又美麗，「不努力到最後，怎麼會知道結果呢？」

「那也要……對方的心裡沒有別人，才有機會啊。」否則只會像我和邵彥文一樣，讓彼此都痛苦。

外套口袋裡的手機震動了幾下，我回話之餘，掏出來一看，發現是邵彥文傳來的LINE。

「期末考的報告，妳準備得怎麼樣了？」

這陣子他經常會傳訊息給我，聊些生活上瑣碎的事情，一來一往的甚至要比交往期間更加頻繁。雖然我的確說過，或許分手後我們可以做回朋友，但我怎麼感覺他好像都不需要有恢復期一樣。

就算要把彼此當成一般的朋友看待，也是需要時間的吧……

白芸菁見我臉色有異，問：「妳還好嗎？」

「有這麼明顯嗎？」我苦笑。

「其實……」她起了個頭，思索了好一陣子，才又繼續說：「我也不是真的想嘲笑我堂哥的。」

白芸菁是在說那天，她賭氣和白逸說的話吧？

「等哪天你也遇到一個喜歡得不得了，放不下的女生，卻又被對方拒絕的時候，就換我嘲笑你了！」

「朵朵學姊，妳可不可以不要讓我堂哥太傷心？」

我勾脣一笑，「原來你們感情挺好的。」

「那時候我不知道，他喜歡一個人是這樣子的。」

「什麼樣子？」

「和對待其他女生的態度不同，變得有些幼稚、有點孩子氣，一副沒臉沒皮的模樣，但長情又專一，他要求的不多，從始至終，只是想要照顧對方，讓對方開心而已。」

「我沒有表現得太認真，是怕妳會有負擔。」

「白逸他……這麼跟妳說的嗎？」

「他不用跟我說啊。」白芸菁伸直雙腿，捶了捶，「學校裡很多人都在討論，平時對女生保持距離、態度冷漠的白逸，怎麼到了楊朵朵學姊面前，就像變了個人似的。」

原來周治平說的都是真的……

「我知道我堂哥年紀比妳小，妳又只剩下一學期就要畢業了，畢業之後的規劃、找工作等等，要考慮的事情一定很多，但如果妳已經和前男友分乾淨了，身邊也沒有其他對象的話，能不能考慮一下他呢？」

聞言，我淺聲吁氣，凝眉思量了一會兒後，淡淡地說：「白逸應該是要放棄了吧？」聯誼那晚，我說了那麼多遍不喜歡他的話。「這幾天，他都沒來找我，也不怎麼傳訊息。」剛才手機震動時，我還以為是他……難道我下意識地，在等白逸傳LINE給我嗎？

白芸菁一副瞭然於心的表情，笑著解釋道：「堂哥他是在忙期末要交的大作業啦，這幾天都待在模型教室趕製立體紙模。妳也知道他有申請獎學金，各科成績必須維持優異，所以學業自然不能荒廢。」

「我不是那個意思……」

「怎麼？妳想他啦？」她笑咪咪地靠近，曖昧地使了個眼色，「想他就跟他說呀！」

我別過臉輕咳一聲，牛頭不對馬嘴地開口：「白逸這麼優秀，他爸媽應該感到很欣慰吧？」

話甫落，原本還在笑的白芸菁忽然噤聲。

我不明就裡地問：「怎麼了嗎？」

「妳沒跟我堂哥這樣說過吧？」

「我……」在聯誼上分組自我介紹時，我講過類似的話，白逸當場變了臉色，那件事情其實令我很在意，但後來又發生了許多事，所以就忘記問他了。

白芸菁慎重其事地道：「千萬不可以在我堂哥面前提起他爸媽。」

「為什麼？」

「因為他會傷心。」

那天白逸的神情，怎麼看都不像是傷心的表現啊……

白芸菁躊躇了一會兒，才主動娓娓道來：「聽說，伯父在堂哥七歲那年，和外遇對象深夜開車上山，意外發生了死亡車禍，兩人當場喪命。女方的父母接獲消息後，趕到醫院裡大哭大鬧，而一直被瞞在鼓裡的伯母知道後，深受打擊難以承受，帶著怨恨的心情，選擇拋下堂哥離開了家，從此音訊全無。我們奶奶過世得早，所以堂哥是由爺爺獨自撫養長大的。」

「那……白逸母親那邊的家人呢？」

「也都完全沒有聯絡。」

我驚訝得說不出話來。我原以為白逸出生於幸福家庭，擁有美滿的生活，是人生勝利組，殊不知……

五味雜陳的情緒堵在胸口，難以排解，靜默許久後，我說：「你們爺爺，把白逸教得很好。」無論是各方面條件，個性、禮貌或言行舉止，都把他教養成了一個堅強、優秀的人。

「伯父伯母，是堂哥深埋在心底最沉重的傷痛，雖然爺爺和其他家人們給了他許多愛和親情的溫暖，但有些事情，終究是彌補不來的。」

公車動態系統顯示著七十七號即將進站，也許是因為聊得來，我和白芸菁交換了LINE，目送她搭上公車後不久，二十一號也來了。

搭車前往河濱公園的途中，我想起那天白逸在KTV裡說過的一句話。

「這世界上，會讓人心碎的，難道就只有愛情嗎？」

比起我為了情愛而傷神，當初小小年紀就經歷家庭重大變故的白逸，有多麼的不容易，這一路成長，又有誰能真正觸及到他心上的疼痛，溫柔安撫他呢？

我拿起手機，點開和白逸的LINE對話，主動發出一張可愛的貓咪貼圖，和溫暖的關懷：「再忙，也要記得吃飯。」

不久，收到他的回覆：「朵朵就是我的精神食糧，看到妳的訊息，我又能量滿點了。」

我嘴角上揚，「貧嘴！還不快去吃飯！」

「遵命！」

到站下車後，我沿著公園外圍走了幾分鐘，抵達城中世外桃源的入口。

河濱公園腹地廣大，動線規劃良好，設有寬敞乾淨的親水步道，走起路來非常舒暢，適合散心；在隨風飄逸的柳樹蔭下乘坐石椅，眺望美景，亦助於舒緩心緒。午後，更能在觀景平台欣賞日落的河岸風光。

我花了一些時間，才找到獨自坐在草坡上的蕭芷綺，她吹著冷風，兩頰被凍得紅撲撲的，感覺有人走近，連忙擦去眼角淚痕。

她抬起頭，發現是我，隨即揚起了微笑，可雙眼通紅，「妳來啦。」以手束攏長裙，我與她並肩席地而坐。

「呼，好冷。」入冬的河濱公園充滿冬日寒意，我雙手插進毛衣外套的兩側口袋，裡面各放了一塊我在公車上新拆的暖暖包。

「怕冷還來？」

「我怕妳一個人寂寞嘛。」我挨近她取暖，「待會兒我們去附近吃熱騰騰的拉麵，好不好？」

蕭芷綺眺望前方那面在冬日陽光下閃爍的河道，並未應聲，而那悲傷的神情似帶著無限懷念。

「都過去那麼久了，妳還想他嗎？」

「想。」她唇角微彎，明明是在笑，看上去卻比哭還難過，「我至今都還記得，高中時和他經常一起來這座河濱公園，躺著看雲、或坐著看河景，偶爾段考前，他會拿出參考書逼我做題，我們就趴在這裡複習功課，聽他講解我寫錯的題目。他的字好看，所以我不喜歡做筆記，總愛複印他的。我脾氣不好又不愛讀書，但跟他在一起，會讓我想變成更好的人。每當他笑起來的時候……」

話停在這兒就斷了，因為蕭芷綺已經泣不成聲。

那個男孩，高中兩年多的陪伴和喜歡，換來她近四年的無法忘懷。

我展開雙臂，輕攬著她，無聲安慰。

憋著比哭難受，我寧願她痛痛快快地大哭一場。

都說日子長了，感情就會慢慢淡的，但時間在蕭芷綺的身上，彷彿停滯了一般。

其實我身邊的人，對於「喜歡」，都特別死心眼。

我是這樣，楊珞、周治平、白芸菁，甚至是白逸，有誰不是？

所以我們好像，都還沒有得到幸福呢……

「朵朵，妳找到芷綺了嗎？」

周治平十幾分鐘前傳來的訊息，我趁蕭芷綺在哭時才點開回覆：「找到了，你放心吧。」

蕭芷綺瞄到我的手機螢幕，抽泣地說：「這傢伙真雞婆。」

「他是關心妳。」

蕭芷綺抹掉眼淚，撇頭哼聲，鼻音很重，「誰要他關心了。」

「妳就是這麼對待真心待妳好的人嗎？」我忍不住為周治平說話，「他那麼喜歡妳，妳一直假裝視而不見也就罷了，但能不能別對他那麼壞？」

「我也有對他好的時候啊！」她反駁道。

「這我知道，但嘴巴就不能說點好聽的？」

蕭芷綺斜睨著我，徐徐吐了口長氣，目光黯然，難得吐露心裡話：「我只是有時候，不知道該如何面對他的喜歡。」

「因為不想回應他嗎？」

「每年越接近這個日子，我都以為自己已經比過去好多了，但當這天來臨，我才發現，心仍然會痛……」她吸吸鼻子，嗓音再度哽咽，「我知道周治平是個好男人，可我不想心裡還裝著別人，卻和他在一起，這樣，他太可憐了。」

我點頭，感慨地說：「對，不要讓周治平像我一樣。」

「他不會像妳一樣的。」蕭芷綺淡淡投來一眼，「因為那個人已經不在了。」

「可他卻停留在妳最美的記憶裡。」

「美嗎？」她目光縹緲，語氣有些不確定，「那為什麼我會感到遺憾呢？」

「遺憾？」

「朵朵，」蕭芷綺喟嘆，意味深長地開口：「不要被世俗眼光左右，不要被外在條件影響妳會不會喜歡上一個人的決定。如果從來不曾開始過，妳怎麼知道，自己會不會很喜歡、很喜歡那個人？」

「妳是在說……白逸？」

她笑了笑，「畢竟，在生離死別面前，那些妳所謂擔心的事，還重要嗎？」

蕭芷綺說過，她曾經因為覺得自己配不上那個男生，害怕萬一交往後被同學們說閒話，會負荷不了導致戀情告終，所以明知他們互相喜歡，卻遲遲沒有表白心意，甚至當對方告白時，她也僅是一笑置之地帶過。

但世事無常，男孩走得突然，而他死的時候，她什麼事情都做不了，連喜歡的心意都來不及傳達給對方，只能沒用地獨自哭泣、隱忍悲傷，在往後的日子裡，帶著遺憾年復一年。

「若妳是真的一點都不喜歡白逸，那就算了，但事實似乎並非如此啊。」她分析說道：「從妳和我提起聯誼那天發生的事，到這幾日我們聊及白逸時妳的反應，我覺得周治平說的或許沒錯，正是因為妳在不知不覺間對白逸動了心，所以才會抗拒。」

「但他就是個孩子，才十七歲，還未成年呢！」

「年齡是問題嗎？」蕭芷綺不認為地搖頭，「真心喜歡妳、待妳好，才是最重要的吧？」

「白逸太優秀，我會有壓力。萬一結果不好，最後不就會被人取笑是自不量力，被甩活該嗎？」

「妳當初追求一心愛著王薔的邵彥文時，怎麼就沒想這麼多？」

「我那是……」

「又沒叫妳現在就跟他在一起，我的意思是，妳也沒必要那麼排斥他嘛，就順其自然啊。」蕭芷綺起身，拍掉牛仔褲管上的草屑，「再說了，白逸那麼喜歡妳，難道不值得妳為他勇敢一次嗎？」

我跟著站起來，撣了撣裙襬。

「妳雖然嘴上說不喜歡白逸，其實還是希望有他在身邊吧？」

我不甘示弱地反問：「那是妳對周治平吧？」

她也沒否認，只道：「看來我們都一樣的口是心非啊……」說完便拋下我，逕自往前走。

我小跑步跟上，「妳要去哪裡？」

「吃拉麵啊！」蕭芷綺揉了揉咕嚕咕嚕叫的肚子，「餓了。」

「那吃完我們還回來嗎？」我勾住她的手臂問。

她留戀地在河岸和草坡上停留了一眼，「看心情。」

我笑而不語，憶起初次陪她來此地，我們待了一整日直至深夜，到後來逐年遞減時間。

或許那名男孩永遠不會自她心上消失，但總有一天會好的吧？

總有一天，當她再想起他時，不會再哭了。

♥

平安夜到跨年的那九天，因為我學期報告陸續繳交得差不多了，所以和家人臨時規劃了一趟日本旅遊，反正大四到期末，教授們多半都不上課，否則就是留時間給學生們自習，也不太會點名。

蕭芷綺雖然怪我狠心拋下她，沒能一起過節，還害她被周治平拖去參加建築系聖誕節舉辦的交換地獄禮物活動，抽到了沒用的三百塊遊戲機代幣。不過，看在我回來帶了許多伴手禮給她的份上，姑且原諒我。

而白逸和我，撇除平日裡就有來往訊息之外，聖誕節及跨年當天，日本時間一過午夜十二點，我就收到了他的祝福，但不知怎的，我並沒有特別過問他是如何度過節日的。

後來才從周治平那裡輾轉聽說，白逸並未出席學校的任何節日活動，那幾天都和家人在一起。

邵彥文倒是和我分享了不少他與朋友們歡樂的聚會行程。瀏覽近日我們LINE的對話記錄，我發現自己對待他的心情，已經大不如前了。

從前只要一收到他的訊息，我就會很開心，帶著期待的心情立刻回覆，或是不斷製造話題，維持熱絡的聊天氣氛，即使聊了一整晚也不覺得累。

可如今，我不會再立即回覆，不會再半夜撐著不睡覺陪他聊天，不會再擔心結束對話，也不會再因為他的隻字片語而掉下眼淚。

曾幾何時，我對邵彥文的感覺，只剩下淡淡的朋友情誼了……

學期末選修課最後一堂結束，鐘聲響起的那刻，鄰座同學們的臉上露出了如釋重負的神情。這不是一門熱門選修，教授上課的方式很無聊，但只要認真上課、不缺席、準時提交作業報告，沒有期中、期末考，基本上一定會過，許多學生為了湊學分，都會咬牙忍耐。

李嫣收拾書包朝我走來。她今天大遲到，進教室時我附近已經沒有空位了。「朵朵，下學期妳應該不用再修選修學分了吧？」

「對啊，下學期我只剩下三科必修。」我抱著從圖書館借閱的書籍起身與她交談。

大眼骨碌一轉，她忽然神祕兮兮地靠近，低聲問：「那次聯誼，後來妳和白逸一起消失，是去哪兒了？」

那天聯誼，每人須繳交的費用，在報名時就必須付清，所以我本來以為，就算開溜也沒人會發現，因為他們都已經喝嗨了，殊不知……

「各自回家了。」我說謊道。

「我還以為，白逸是帶妳出去告白了呢！」她一臉可惜。

「妳怎麼會這麼想？」我心虛地呵笑兩聲，「白逸和我在聯誼上的互動，都只是為了達到節目效果……我們之間沒什麼的。」

她移動腳步，狐疑地瞥了我一眼，「妳這樣強調，反而很可疑喔。」

「哪、哪有。」趁我們一前一後離開教室，我狀似不經意地抬手摸臉，擔心自己該不會是臉紅被發現了吧？

「白逸應該是真的很喜歡妳。」李嫣沉吟道：「我還以為你們會在一起。」

「怎麼說？」

教室前，李嫣笑著停下腳步，拍了拍我的肩膀，「朵朵啊，大概全世界都知道白逸喜歡妳，就妳這個當事人還在懷疑嗎？」

我沒有懷疑，我只是……不知道該怎麼接受他的感情。

垂下頭，我輕抿著唇，沒有吭聲。

李嫣繼續道：「我聽豆子說，白逸當初代替周治平出席聯誼，向他們提出了一項要求，希望抽籤筒裡，不要放有妳名字的籤。」

我未細想，便反射性地問：「為什麼？」

「傻瓜，當然是因為他想和妳一組，所以才故意遲到，然後私下向豆子要求取消他的抽籤資格。」

這個滿腹心機的傢伙！居然這樣設計我！

儘管我的心裡存有埋怨，浮現在頰上的卻是一陣緋紅。李嫣指著我的臉直言：「妳看妳害羞了，覺得心動吧？」

我無法辯駁，拿書掩面，覺得更加難為情。

「雖然，我也不太能接受姊弟戀，但如果是白逸的話，我會考慮的。」

「為什麼？」是因為他帥嗎？我在心裡默默吐槽。

「因為我喜歡像他那樣，全世界只對一個人好的感覺。」李嫣朝我眨眨眼，「那個人是妳呀！朵朵。」

萬花叢中過，片葉不沾身。

即使圍繞在他身邊的女孩子再多，他也只在乎我，對我一個人好……在他們的眼裡，白逸就是這麼對我的嗎？

「好啦，我就點到為止吧，先走了！」李嫣拉好背包肩帶，向我擺了擺手。

我沉浸在思緒裡，低著頭往反方向舉步。

一雙熟悉的鞋子出現在前方視線，我尚未抬頭，便聽見來者開口：「朵朵，妳待會兒有空嗎？」

邵彥文手裡勾著一個黑色亮面的質感提袋，淺淺笑意輕掛嘴角，久違的見面，突然地令我一時無法像在與他傳訊時那般自在。

「你怎麼會來？」

「我帶了東西，想送給妳。」

我張望四周，覺得在教室外的走廊交談易招人側目，想了想於是道：「我們換個地方說吧。」

「好。」邵彥文點頭。

我們走了一小段路，前往面向後院的樓梯玄關，期末這裡比較少人經過。

「有事嗎？怎麼不傳LINE給我？」這樣的開頭，說完連我自己都感到些微尷尬。

邵彥文溫和的笑容裡閃過一抹侷促，他將手裡的紙袋遞向我，「這個，聖誕禮物。」

我瞄一眼紙袋，心思複雜。那大概是他記得我喜歡聖誕節，特地準備的。

我很想說，其實我們已經分手了，不必特別送我禮物，奈何看著他的臉，想撇清關係的話竟一個字都說不出口。

見我遲遲沒伸手，邵彥文說：「這是永生花，可以維持很久都不會枯萎。」

現在收下這種禮物，不是很諷刺嗎？我們之間的感情，已然枯萎了啊⋯⋯

我用力地暗暗搓著手指，掙扎半晌，為難道：「對不起，彥文，我不能收。」

邵彥文立刻明白我的顧慮，他沉默了幾秒，臉色變得不如剛才與我碰面時自然，「是因為，我們分手了嗎？」

我點頭，「是。」一個字，回答得乾淨俐落。

「朵朵⋯⋯」他思緒掙扎，明顯到連我都看得出來，我迴避目光，為了讓他能放輕鬆開口。不久，他說：「我們不能再試試看嗎？」

以前的我或許會同意，但經歷過這一段感情後，我認為，愛情這種事情是無法勉強的。

「其實，和你交往以來，我心中時常會患得患失。曾經因為交往而感到開心，也因為發現你並不那麼喜歡我而感到難過，漸漸地，就連快樂都變成一種勉強出來的自我安慰。」

邵彥文靜默著消化我說的話，輕皺起眉。

「你不該挽回我。你應該做的，是正視自己的心，做出成熟果斷的決定，未來無論王薔是否會接受你，都不該再拿我當擋箭牌。」我的情緒意外地平靜，即使心裡某一塊仍然多少有些難受，但我已經夠堅強，可以把話說清楚了。

「我們分開的這段時間，你和王薔依然有聯絡吧？」

邵彥文沒有回答，也並未否認。

我思忖一會兒，猜測道：「聖誕、跨年的節日活動，你和高中同學們的聚會，王薔也有去吧？」

沉下眉眼，他終於輕點了頭。

我半斂眼簾，淺笑道：「你依然，都守在她身邊呢……不是嗎？」

邵彥文以為我不開心了，試圖解釋：「朵朵，那是因為——」

「沒關係的。」我打斷他，直接戳破他不願面對的事實，「但如果王薔一直不接受你，請你答應我，也要努力讓自己走出去吧。」

他低著頭，看起來無奈又沮喪。

「這麼多年的喜歡，早就已經是愛了。」我低嘆，「很難割捨，我明白，可你總不能傻一輩子。」

「妳還在乎嗎？」邵彥文苦笑，語氣略帶抱怨，「妳都已經決定離開我了不是嗎？」

我冷靜地凝望他，輕聲道：「那是我的錯嗎？」

他搖頭，「是我，不懂得珍惜妳。」

「有些人，總要在失去之後，才會懂得珍惜。」我垂下眼簾眨了眨，「或許，王薔也是的。

你該為自己多打算、打算了。」

「妳突然，像看透了一切。」

我淺勾脣角，「跳脫出來後，當然就看得清了。」

邵彥文嘆了一口氣，掙扎片刻後，說道：「朵朵，我並非對妳完全沒有感情的……」

「但那是愛情嗎？」

他無語，抿直了脣，眼底流露出一抹遲疑。

這讓我覺得，其實他心中是沒有答案的，他根本不知道自己想要的是什麼。

於是，我繼續說：「對我而言，愛情應該是無條件，不需要努力，卻讓人在不知不覺間，無法抗拒，就像……你對王蕾一樣。」

「那妳曾經，遇到過這樣的愛情嗎？」

腦海中飛快閃過的身影，令我一時陷入沉默。

「那個人是白逸嗎？」

「為什麼這麼說？」我不解地抬眼。

「學校論壇版上有幾則熱搜貼文傳得沸沸揚揚，他喜歡妳的事情，我很難不知道。」

我鬆開眉宇，搖頭道：「我們之間發生的這些事，和白逸沒有關係。」

「妳變得不太一樣了，我還以為，是因為有他在身邊。」

我不置可否，不願意多做解釋。

邵彥文拉過我的手，不容拒絕地將提帶套住我的掌心，「這個，我希望妳能收下，不要覺得有負擔，就當是朋友送的禮物。」

朋友不會送永生玫瑰花。

我開口想拒絕，他卻看穿我的心思，快一步道：「好，我們就退回朋友的位置吧，所以，也請妳不要拒絕。」

我該給他個台階下，畢竟話都說到這份兒上了，再拒收的話，只會讓場面變得難堪。

「好。」

邵彥文動身向前，猝不及防地抱住了我，「朵朵，對不起，那段時間，讓妳受委屈了。」

他的擁抱，並不會讓我覺得被冒犯，我希望這段感情在結束時，能和開始時一樣，誠摯且溫柔。我小聲在他耳邊說：「祝你幸福。」

目送邵彥文下樓後，我一回頭，便瞧見自空教室後走廊出現的白逸。

他面色深沉，少了一貫的笑容，凝神的眉宇間，多了一絲微妙的褶痕。

「你怎麼……」

聽出我想問什麼，白逸率先開口：「我來找妳。有學姊說看到妳和邵彥文往這個方向走了。」

對邵彥文，他也是從來沒有稱呼過一聲學長。

「怎麼不LINE我？」

「剛交完期末的模型作業，想說來看看妳。」白逸瞄了一眼我手中的提袋，「那是邵彥文送的？」

「對。」

緊接在我這聲應答後，是一段漫長的沉默。

我開口，想打破氛圍：「是永生的玫瑰……」卻似乎讓情況變得愈加糟糕。

白逸突然拉近我們之間的距離，二話不說便伸出雙手捧住我的臉，彎身湊得好近，而我的頰畔，隨著那噴吐的氣息開始升溫，心跳也跟著失了節奏。

不可以閉眼睛，閉眼睛就太丟臉了，但他是……想吻我嗎？

我暗忖著，嚥下一口口水。

白逸以拇指腹搓了搓我的肌膚，比起過往經常一副嬉皮笑臉賴著我的模樣，此刻他的眼神和行為都具有絕對的侵略性，令我不自覺屏息。

正當我以為他會在我的唇上落下親吻時——他退開了。

「見到妳就好了。」白逸把手插進褲兜裡，挑起一道不真意的笑容，「先走了。」

我愣然地眨眼，尚未釐清頭緒之前，即旋身拉住了他，「白逸！」

他垂首，深幽的視線停留在我臉上，沒有應聲。

「你怎麼了？」我問。

「沒有啊。」

我抓著他，沒有放手，「我不信。」

他靜了幾秒，表情出現細微的變化，從一副若有所思的模樣，到妥協地鬆開眉間的褶痕。

「妳別再拉著我。」

「拉著你又怎樣？」我稍微挺起胸膛，想擺出身為學姊的架勢。

白逸似乎被我逗笑了，嘴角彎起一道弧線，他迅速伸手托住我的腰，低語：「妳再拉著我，我就要吻妳了。」

我心驚地鬆開，卻反被他的手握住。

「來不及了。」他大掌繞至我的後腦杓向上一托，淺吻落在我的眉心。

我的腦袋像是有根筋斷了，啪地一聲，嗡嗡嗡無法思考。

見到我因為他的行為，而出現的各種情緒反應，他似乎很滿意，還得寸進尺地以指腹輕摩我的唇尖。

我尚未緩過神，「你幹麼呢……」

白逸附唇在我耳邊問：「有沒有心動的感覺？」

撲通、撲通……如雷的心跳聲響徹在耳邊，讓我亂了方寸，忘記要推開他。

「我不鬧妳了。」他替我順了長髮後退開。

我抬手撐了下額頭，幾次深呼吸後才出聲：「你剛剛怎麼了？」

「什麼怎麼了？」

「你不是不開心嗎？」

白逸別過頭，抿了下脣。

「到底怎麼了？」是在鬧彆扭嗎？

「妳……」他轉過來，盯著我看了一會兒，「要和邵彥文復合嗎？」

「什麼復合？」我一頭霧水。

「他剛才不是抱著妳道歉，說那段時間，讓妳受委屈了嗎？」

所以他找到我時，只聽見邵彥文最後說的那段話。

「你不開心，是因為誤以為我要和邵彥文復合嗎？」

「妳收下他送的東西，又和他擁抱……」他的神情浮現羞赧之色，話語頓在我的笑容裡。

「妳笑什麼？」

「白逸學弟，你這是在吃醋，你知道嗎？」

「我從小到大，沒吃過誰的醋。」他想了想，說出來的話連自己都覺得好笑：「但白醋、烏醋倒是吃過不少。」

我挑眉，「會耍嘴皮子了？」不對，他是經常耍嘴皮子。

「所以，妳沒有要和邵彥文復合？」

「當然沒有。」

他的眼睛瞬間發亮，笑容擴大，再次向我確認道：「真的？」

「你是要問幾次？」

「既然沒有要復合，為什麼要收下他的禮物，還讓他抱妳？」

「算是一種……向過去告別的儀式吧？」

「妳這樣會讓他覺得自己還有機會。」

「他愛的是王薔，哪輪得到我給什麼機會？」

「所以如果他想要復合，妳會答應？」

「不會。」我撇下他走在前頭。

白逸三步併成兩步跟到我身側，「為什麼不會？」

「我要找一個很喜歡、很喜歡我的人談戀愛啊。」

「不用找了。」他指了指自己，「就我啊。」

我皮笑肉不笑地說：「好啊，等你先滿二十歲再說。」

「楊朵朵，妳這是年齡歧視，妳知道嗎？」

我倏地停下腳步，「我覺得你不夠成熟，而且心胸狹窄，看見我被別的男人抱了一下就不開心？」

白逸緩緩靠近，在我耳邊輕聲道：「是，我的心胸狹窄，用來裝妳剛好。」

我無言地瞪向他，「你這是從網路上學來的吧？」

他勾脣一笑，「我還背了很多，妳想聽嗎？」

果然是個弟弟啊……「輕浮。」我低聲罵道。

「那也只有對妳一個。」

我對上他盈滿笑意而發亮的雙眼，不知為何，竟也跟著笑了。

♥

上學期結束，寒假接著展開，農曆年前，白逸陪他爺爺回老家，和我分享了許多他們的合照及鄉下的田園風光。我們時常來往訊息、通話聊天，他一直吵著等他回來，要找我出去約會，我總是笑著迴避話題，但其實，每回拒絕後，我心上的抗拒就會更加軟化一些。

晚餐過後，爸媽相約去公園散步，我坐在沙發椅上，拿起手機點開白逸回傳的訊息，不自覺地發笑。

「國父革命十一次才成功，妳不過拒絕五次而已，我還有得是機會。」

楊珞端著一盤水果擠到我身旁的空位，遞來叉子的同時想偷瞄我的手機螢幕，被我躲開，於是她猜測道：「白逸？」

「妳又知道了？」

「現在能讓妳笑成這樣的，除了他還會有誰？」

我毫無說服力地反駁，「我收到芷綺的訊息也會笑啊。」

楊珞冷笑，「呵，最好是。」

我叉了一塊蘋果送入口中，打算安靜地吃水果，逃避她的問題。

但楊珞沒打算放過我，很直接地問：「放寒假，他怎麼沒約妳出去？」

她是不是有用什麼外掛程式在監看我的手機，怎麼話題開啟得如此精準？

我愣了愣，老實點頭，「有，但我拒絕了。」

「為什麼？」

「沒為什麼……」說真的，我也不知道自己到底在堅持什麼，或許是因為拒絕久了，所以拉不下臉答應吧？

「妳真的不喜歡白逸嗎？」

我不答反問：「妳覺得，我應該喜歡他嗎？」

楊珞失笑，「喜歡一個人哪有什麼應不應該？只有想不想而已。」

「我沒思考過這個問題。」雖然，蕭芷綺和周治平都一致認為，我已經對白逸動心了。

「妳之前不是說，他跟妳告白了嗎？也有一段時間了吧？」

我點頭。

「如果妳沒有打算接受他，卻每天跟他來往訊息、講電話，難道只是想玩玩而已？」

「白逸小我四歲。」

楊珞大翻白眼，「每次問妳喜不喜歡白逸，妳都要搬出年紀當藉口是不是？」

「他長得太帥，我會沒安全感。」我可能是不斷在用這些理由，去壓抑自己對白逸逐漸萌生出的感覺……

「我承認妳提的那兩項原因，是滿值得妳好好考慮的，但喜不喜歡他，妳自己心裡沒數嗎？」

「我也才恢復單身不久，總得好好思考一下未來要交往的對象是什麼樣的人吧？」

「妳這話倒是說得挺理性，但我不相信妳絲毫沒有為白逸動搖過。」

我納悶道：「你們如果都是這樣想的，那還來問我幹麼？」

「我們是關心妳。」楊珞露齒一笑，敷衍得很。

「我不想讓白逸最後像我當初喜歡邵彥文一樣傷心，所以我不能貿然接受他。」

「那是在妳對他一點感覺都沒有的情況下才成立吧？」楊珞不以為然，「誰說一定要等雙方對彼此的喜歡都達到一個平衡點才能在一起？感情是可以慢慢培養的，差別只在於，妳有沒有想和這個人培養感情罷了。」

見我沉默不語，楊珞接著說：「當愛情降臨，不是只要妳不去思考，那種喜歡的感覺就不會持續發酵。在我看來，比起之前聊起白逸時妳的反應，現在的妳，似乎變得滿喜歡他的啊。」

「……有嗎？」有這麼明顯嗎？

楊珞雙手盤胸，斜睨著我，「這大概就是所謂的當局者迷，旁觀者清吧。」

我斂下目光，仔細想了想，大概是從那次和白芸菁在公車站聊過，以及跟蕭芷綺於河濱公園談心後，我對白逸的心思，才開始變得有所不同吧……

「喜歡一個人，是不需要面子的。」楊珞直言，「拉不下臉為他妥協，最後妳失去的，可能會是一個真的很喜歡妳的人，這樣值得嗎？」她朝我又來訊息的手機揚了揚下巴。

白逸：「朵朵，我想妳了。」

我看著短短幾個字的訊息發怔，等回過神，發現楊珞已經回房了。

我一個人坐在客廳的沙發椅上，握著手機猶豫不決。

我點開聊天室，反反覆覆輸入了好幾次問句、又刪除，直到大口深呼吸後，才瞇眼一鼓作氣地按下發送鍵。

楊朵朵：「我們約一天，見面吧？」

訊息被已讀很久，白逸一直沒有回覆，正當我覺得丟臉想收回時，他電話打來了。

甫接起，白逸便著急地開口：「好、好好好好！」

我忍不住偷笑，卻又故作正經，「好什麼好？」

「我們見面吧！」他的嗓音含笑，充滿喜悅，「我本來都做好比國父革命更多次的心理準備了。」

強壓下笑容，我輕咳一聲，「那就再繼續革命好了。」

「誰准妳反悔的？」

「為什麼不能反悔？我們又沒有簽約蓋章。」

「找一天，天氣好的日子，我們就去約會吧！」

我握著手機，撇頭嘴硬道：「那才不算約會。」

「朵朵……」

「嗯？」

「謝謝妳。」這聲道謝，語調異常地慎重。

「謝什麼？」

那頭靜默了一會兒後，傳來白逸的低笑聲，讓我的嘴角也跟著揚起。

有人害羞了呢……

說那些撩人的話時，總是臉不紅氣不喘，一副臉皮很厚的樣子，卻又會為這麼一點點小事，而放在心上。

我們聊了許久，也約好見面的時間。

待結束通話，我把行程記錄在手機的行事曆裡，忽然發現自己打從心底期待著，那天的到來。

第六章　愛與被愛都需要勇氣

如果我值得擁有一份美好的愛情，那個最適合與我攜手的人，一定要是妳才行。

約定好的這天，白逸沒有出現。

我獨自站在百貨公司側門，看著熙來攘往的逛街人潮，說服自己等了無數個十分鐘，從滿心期待白逸會準時赴約，到希望他只是來遲了……直至最後，我想要的，不過一個合情合理的解釋。

一小時後，白逸簡短的一條訊息，無聲無息地出現在我的手機螢幕。

「朵朵，對不起，我去不了了。」

我失望地撥出電話，他沒有接，後來手機在通話中，再後來轉入了語音信箱。

沒有任何理由，沒有任何解釋。

我一個人在百貨公司裡遊蕩了半個多小時，才拖著複雜且沉重的心情返家。腳上的一雙新馬靴，是前幾天和蕭芷綺出去逛街時，為了今天的約會，被她勸敗的。很漂亮、是令人驚豔的流行款式，是我之前不曾嘗試過的風格，我以為，多穿幾次就會習慣了，可如今一看卻覺得，或許它真的不適合我……

下午家裡空無一人，我坐在大門口玄關的坐式鞋櫃上，看著不久前，蕭芷綺興高采烈傳來的關心訊息，頓時感到無所適從。

只好回了一句：「他沒有出現。」

不久，她打來，氣勢洶洶地劈頭就問：「什麼叫他沒有出現？」

「他說他來不了。」

「原因呢？」

「沒說……」

「我現在打給他！」

「不必了。」我空望著前方的白牆，唇瓣隨著吐氣輕顫，「他的手機，已經轉進語音信箱。」

一陣無語後，蕭芷綺緩緩開口：「白逸是不是發生什麼事了？」

「無論發生什麼事，都應該有個解釋。」

「妳這樣說是沒錯，但——」

我嘆氣地打斷她，「芷綺，妳不要幫他說話。」

「我不是幫白逸說話，我只是覺得，他這樣的行為很反常。」

「邵彥文以前也經常這樣。」眼底蒸騰起霧，鼻尖泛起酸意，明明沒有人會看見，我卻仍然低下了頭，企圖掩飾狼狽。「天知道，我有多討厭被放鴿子的感覺……」

「從前邵彥文爽約，妳不是都能體諒的嗎？」

「那不一樣。」

「白逸不像是會無緣無故爽約的人。何況，他那麼喜歡妳！」

「那不一樣的……」

「哪裡不一樣？」蕭芷綺疑惑道：「為什麼換作白逸就不行呢？」

我咬住下唇，想忍住落淚的衝動，卻仍是不爭氣地潸然淚下。

「因為我很期待。」白逸不會知道，我是鼓足多大的勇氣，才勇敢地向他邁出了這一步，但他卻……

「因為我希望他能給我一個解釋，而非只是令我失望。」我哭得十分壓抑，內心的委屈氾濫，是從過去邵彥文幾次爽約時，就累積而來的情緒。

聽見我的鼻音，蕭芷綺沉默了，頓時只剩下彼此的呼吸聲。

「朵朵……」蕭芷綺幾度欲言又止，半晌，才簡單扼要地挑明說道：「白逸不是邵彥文。」

「我知道……」

「妳不能因為他一次的爽約，就這樣否定他。」

「我等了他一個小時，他沒有任何解釋，只傳來訊息說無法赴約，難道我不該生氣嗎？」

「妳是該生氣，我也很想幫妳罵他，但我相信等他把事情處理完，會向妳說明情況的。到時候若是理由不足，我們再一起狠狠痛罵他一頓也不遲。」見我不說話，她又說：「或者，我也可以幫妳揍他！」

她的好意我真是心領了。

我淡淡地開口：「邵彥文當初把我放鴿子後，也都有給我解釋，但那些說法都是騙我的。」

蕭芷綺輕嘆，「妳不能把上一個人犯的錯，帶到下一個人身上啊。」

「我沒有。」我倔強地否認，「我只是覺得，或許我和白逸並不適合，就像那天我們一起去買的馬靴一樣。」

「妳這結論，未免下得太過武斷了。」

我垂眼盯著腳尖，乾脆沉默。

「妳還說妳不喜歡白逸。」

「……什麼？」

「原來，妳以前不是體諒邵彥文，妳只是在委屈自己，因為害怕失去。」頓了頓，蕭芷綺吁出口長氣，「而現在，妳不願意體諒白逸，是因為對於他喜歡妳的這件事本就不安，所以當他讓妳失望了，妳就只想退縮，躲回安全的距離。」

我無法反駁蕭芷綺的說法。

「我想保護自己，有錯嗎？」

「妳說，人在愛情裡不是挺矛盾的嗎？」她淺笑出聲，「總是給不懂得珍惜自己的人，一次又一次的機會，卻讓真正珍惜、在乎自己的人受傷，恣意地揮霍他們的情感，還能做到瀟灑轉身。」

「他如果是真心的，就不會做出今天這樣的事情來吧？」

蕭芷綺不置可否。「楊朵朵，妳敢不敢和我打賭？」

「賭什麼？」

「賭白逸今天失約，一定是因為什麼重大不可抗力的因素。」

我皺了下眉頭，總覺得賭下去有點危險，「妳要賭什麼？」

「如果妳輸了，就在學校的中央廣場，拿著大聲公向白逸告白。」

「我才不要跟妳賭。」

但蕭芷綺不給我拒絕的機會，「就這麼說定啦！我現在就去幫妳打聽、打聽消息。」話落，便切斷了電話。

她打探的對象，應該也只有周治平吧？

現在正值寒假，周治平怎麼可能知道白逸發生了什麼事……

♥

「白逸還是沒有解釋，那天為什麼爽約嗎？」

楊珞推開我房間的門，直接拋出這句疑問。

我抱著枕頭坐在床上，心情煩悶地朝她投去一眼，「妳怎麼不敲門？」

「媽叫妳下去喝果汁，她現打的。」

我搖頭拒絕。

她斜倚在門邊的白牆上，雙手環胸睨我一眼，「還說妳不喜歡他。」

「我……」我啟唇，僅說了一個字，便長嘆一口氣。

經過一週，蕭芷綺沒有打探到白逸的狀況，周治平也不意外地毫無頭緒，而這期間，白逸鮮少與我聯絡，偶爾的幾條LINE訊息，也在我已讀不回後結束了對話。

我的胸口，像是被一股難以排解之氣給堵住，鬱悶到時常坐立難安，想責怪他、想罵他，卻遲遲開不了口，只能對他的關心置之不理，對他來訊時字裡行間的不對勁視而不見。

坦白說，我從沒想過自己會因為一個年紀比我小，當作弟弟來相處也不為過的大男孩，情緒變得如此彆扭，就像一個初識情愛滋味的女孩，在愛情裡拿捏不好進退的分寸。

「為什麼不問？」

「我不想顯得自己好像很在意。」

除此之外，我還在白逸事後再度道歉時，裝作瀟脫地回：「沒關係，我根本不在意。」

好幼稚。

都說了不在意，又怎麼開口向他要解釋？

「是因為，妳年紀比較大嗎？拉不下臉？」

「妳能不能別說得好像我很老一樣。」

「妳要是不老的話，為何要害怕表現出自己的在意？」

我真討厭此刻她臉上那副挖苦我的笑容。

原以為有一個站在白逸那邊的蕭芷綺就已經夠了，沒想到，就連自家親姊姊都不站在我這邊，還認為我是在鬧彆扭、耍小女生脾氣。

「看來，『女生說的沒關係，就是有關係』這句話是真的。」

「妳也是女的。」

「我是個直率的人。」

的確，她一向是有話直說的個性。

「妳從以前就一直很喜歡假裝，這樣不累嗎？」楊珞見我想反駁，不給我開口的機會，接著道：「裝作不會因為我，而感到自卑渺小；裝得有自信、獨立堅強；裝大方地接受心裡有王薔的邵彥文，體諒他是個失格的男友；而現在，裝作自己沒有對白逸動心，不介意他第一次約會就失約。」

楊珞的一席話，教我啞口無言。

「妳難道就不能放下矜持，勇敢、坦然地承認一次自己內心真正的想法嗎？」

我已經習慣壓抑那些負面情緒，導致發生事情的當下，總會先否認存在於心底最真實的聲音。

「像妳這麼不坦白，如何能獲得一段好的感情？」楊珞直望著我，態度認真，「這世界上，沒有人能完全懂得另一個人所有的想法。妳不說出來，白逸怎麼會知道？」

「一定得說嗎？」

「妳要說了，他才有辦法用妳想要的方式去好好對待妳，而非一直猜測彼此。這樣久了，誰都會累的。」

或許在我心裡，的確有著太多沒用的堅持了……

「哎，我懶得再囉唆了，妳到底要不要下去喝果汁？」

「妳講這麼多，就是要讓我下樓喝果汁的？」

「當然啊，不然老媽又要念我這個當姊姊的，都沒有關心妹妹。」

我失笑，正準備起身和她一同下樓時，桌上的手機響了。

楊珞用手指示意我她先下去後，便離開房間。

螢幕上顯示著白芸菁的LINE來電，我躊躇了幾秒才接起，「喂？芸菁？」

「朵朵學姊，妳在忙嗎？」

「沒有，怎麼了？」

「堂哥他……最近有和妳聯絡嗎？」

我愣了愣，「有，偶爾。」

「你們該不會是吵架了吧？」

「我們沒有吵架。」頂多算……冷戰吧？

「那……堂哥有跟妳說我們家發生了什麼事嗎？」

聽她的語氣，似乎透露著猶豫。我追問：「你們家發生了什麼事？」

白芸菁靜默片刻，道：「我們的爺爺，過世了。」

這意料之外的消息，令我腦袋頓時一片空白，做不了反應，也發不出聲音。

「朵朵學姊？」白芸菁輕喚了聲，但我仍未自震驚中回神。「我堂哥應該……沒跟妳說吧？」

我擰眉，目光低垂，思索了一會兒，才徐徐開口：「白逸年前，不是還有陪爺爺回一趟老家嗎？」

「去年聖誕節和跨年那陣子，爺爺的身體就不好了。」

所以那段時間，白逸是真的都和家人在一起。

「但他們回老家時，白逸有傳給我他和爺爺的合照，爺爺看起來滿健康的……」

「爺爺是知道自己快不行了，所以才想回老家的，他不希望我們為他擔憂牽掛，所以都笑得很開心。就連過世的那天……爺爺他還……」白芸菁的嗓音哽咽，說話斷斷續續。

沉重的氛圍於空氣中漫開，我們各自陷入安靜、緩和心情，直到聽見她擤鼻涕的聲音，笑稱自己沒事，我才問：「爺爺是什麼時候過世的？」

「上週。」

原來如此。我握緊手機，心窩處沒來由地揪緊了。

「白逸什麼都沒和我說。」

白芸菁喟嘆，「他沒說，我也不意外。」

「為什麼？」

「因為他已經習慣『一個人』了……」話止於此，那端一陣靜默，過了幾秒，才再度傳來白芸菁清淡的嗓音，「伯父逝世的時候，連伯母也離開了，所有人都跟堂哥說：『孩子，那不是你的錯。』但最後，卻仍然剩下了他一個人。爺爺心疼他，堅持要帶在身邊照顧，在成長的過程中，他一直都很體貼懂事、獨立穩重，可或許是因為沒有歸屬感，他其實對許多人都保持著距離。表面上看他跟同學、朋友們都相處得很好，但卻沒有和誰聊過心事。」

我聽著白芸菁的話，感到一陣鼻酸，甚至，為白逸心疼。「我以為，他是一個陽光開朗的男孩子……」

「堂哥希望成為一個不會讓家人擔心，也能讓爺爺以他為榮的好孩子，所以無論在人際關係，抑或課業，一直都表現得十分優秀。」

「但他的心裡一定非常孤單吧？」

最親的家人過世了，發生這樣的事情，白逸誰也沒說，是不是因為意識到誰都不在他的身邊……

「他很堅強的，只是，」白芸菁頓了頓，再開口時，聲音顫抖：「堅強到教人心疼。」

我想起那些過去白逸陪伴我的時刻，那些笑容、那些撫慰人心的話語、那些勇敢的告白，以及那些低姿態的付出。我從他那邊得到了太多，卻不曾為他做過什麼。

「有什麼是我能為白逸做的嗎？」

「妳可以去看看他嗎？」

「現在去慰問，不會打擾到他嗎？」我以為，白逸現在比較需要一個人靜一靜。

「如果是朵朵學姊的話，應該能帶給他很多的安慰吧。」

有她這句話，我立刻毫不猶豫地點頭，「好，我會去的。」

我想見白逸。

我想陪在他身邊。

如果我的出現，能帶給他一絲絲的溫暖，那麼，我願意。

翌日傍晚，循著白芸菁提供的地址，我來到了一棟位於鬧區巷弄內，外觀乾淨整潔，黑白色系相間，風格日式的公寓門口前。

原本平靜的心情，隨著按下可視門鈴的動作，泛起陣陣波瀾。

初次按鈴時無人回應，我深吸口氣，隔幾分鐘再按一次，終於在一片靜默中，鐵鋁門響起了自動彈開的聲音。

我搭乘電梯直達六樓，白逸已經站在敞開的家門口，準備迎接我。

他的氣色略顯蒼白，眼底少了平日望著我時的神采奕奕，臉上的笑容卻依舊溫柔如昔。

「朵朵，妳怎麼來了？」

我故作輕鬆地反問：「你怎麼不問我，為什麼有你家的地址？」

他微微一笑，「我知道是芸菁告訴妳的。」

我褪去短靴，隨他入內，挑眉道：「她跟你說了？」

「對。」白逸招待我在客廳的沙發椅坐下後，便轉身進廚房倒水。

我趁機環顧了一下周圍的環境與擺設，二十坪左右的空間，日式無印風的室內設計風格，簡約樸實，大量淺色木質裝潢與白色調牆面相互搭配，呈現舒適平衡的視覺感受，令人感到心靈平和。

白逸拿著兩杯水走來放於玻璃桌上，發現我張望的視線，淺笑問：「怎麼了嗎？」

「沒什麼。」我搖頭，「只是覺得，你家看起來很舒服。」

「那妳想住在這裡嗎？」

我瞇起眼睛瞥向他，沒答腔。

「開玩笑的。」他以水杯就口，但還沒喝就忽然一陣咳嗽。

「你怎麼了？」

白逸搖頭，要我別擔心，卻仍然時不時地掩脣輕咳。

我擔憂地起身走向他，伸手探向他的額頭，是燙的。「你發燒了。」

「有嗎？」他牽起脣角，看上去確實虛弱。

「進房間躺下吧。」我挽住他的胳膊，將他從沙發上扶起來，「你的房間是哪一間？」

白逸指了指離客廳最近的一間房，門是開著的，於是我直接帶他進去，把人安置在床上躺好。

書桌上有體溫計和半拆包裝的感冒成藥，應該是在我來之前，他正打算自行服藥。

我擔心地蹙眉，想著該準備些什麼照顧他，才剛轉身，便被白逸一把拉住，「朵朵，妳要去哪裡？」

「我只是要去用冰毛巾給你敷額頭，然後再煮點吃的，你乖乖躺好。」我安撫道。

他拉著我的衣角，不肯鬆手，「不用這麼麻煩……」

「空腹不能吃藥。」我替他拉攏棉被蓋緊，看進那雙不安的眼神，柔聲安撫道：「我沒有要離開，你別擔心。你還沒吃東西對吧？」

他抿脣，輕應了一聲。

「你躺著休息，等我一下。」

我走進浴室，從架上取下毛巾，以冰水浸溼擰乾，再進廚房確認冷凍庫有沒有冰塊，用真空袋裝了一些後，回到房間替白逸敷上。

額上的冰敷限制了白逸的行動，令他無法大動作地移動，我看著那雙凝望我的眼睛裡，閃動著隱微的情緒波動。

「怎麼了？」

他低笑，嗓音微啞，「覺得有妳真好。」

病成這樣應該是沒心情撩妹了，可他那略顯蒼白的笑容，依然害我失神了一下。

「家裡還有白米吧？」我任由長髮垂落，遮住臉上的羞赧。

他點點頭，乖巧得像個孩子。

「好，那你等等。」我離開房間，從廚房冰箱內找出一些新鮮食材準備煮粥，瞄眼掛在客廳的壁鐘，已近晚上六點半。

等煮好讓白逸吃完，他就可以服藥，感冒需要充足的休息與睡眠，才能夠好得快。

我應該早點來的。

昨天和白芸菁通完電話後，其實我今早就打算來找白逸，但因為心裡莫名地緊張，也煩惱不知該怎麼安慰他，拖著拖著，直到下午才終於鼓起勇氣出發……

將熱騰騰的粥裝進木碗內，取了銀湯匙一併放在置於流理台旁的托盤上，順帶一小盤剛在烹煮時利用空檔削好的蘋果切片，可以幫助白逸補充維他命C。

白逸躺在床上，見我端著東西進房，想起身接手，被我出聲制止：「在床上待著坐好，喝點粥吧。」

「謝謝妳。」捧過我遞上的碗，白逸輕聲道。

我在床緣落坐，淺笑叮嚀：「很燙，吹涼了再吃。」

「好。」

慢慢地吃了三分之二的量後，白逸拿著碗的手緩緩垂放，擱在蓋著下半身的厚羽絨被上，沉默幾秒後問：「妳來，是因為擔心我嗎？」

「能不擔心嗎？」我調整視線，移往那張俊逸卻失去元氣的臉龐，「為什麼不好好照顧自己？都感冒了。」

白逸淺揚唇角，笑而不語。

我知道他已經吃不下了，索性抽走他手裡的碗，轉身放到一旁。「要吃水果嗎？」

「妳削的，我吃。」

在他吃蘋果的同時，我們又聊了一些言不及義的話，直到他再次沉默。

「該吃藥了。」我指了指桌上的保溫瓶，「裡面有水嗎？」見白逸點頭，我將它和藥一起拿給他。

他按照說明服用後，把保溫瓶放在床邊的地上，微笑道：「朵朵，別擔心，我沒事。」

「你真的沒事嗎？」我終究是沉不住氣，忍不住問：「為什麼不告訴我？」

白逸面色平靜，低聲開口：「事發突然，有很多需要處理的事，所以……」

我明白要壓抑情緒，故作堅強地和親戚們一同操持爺爺的後事、喪禮，他確實會無暇顧及其他，「那事後為什麼不說？你知不知道我——」

「妳誤會我了。」

撓了撓鼻尖，我頓時語塞，「我只是……」在那樣的狀況下會誤會，不是很正常嗎？為何我竟會有點心虛。

「對不起。」他無聲一嘆，「是我失約了……妳一定很失望吧？」

儘管白逸臉上的神情略顯疲態，但當他那雙在暖色系燈照下，透出淡褐色光澤的眼瞳，與我四目交會的剎那，我仍然能感受到他真實的歉意，與對最近發生的一切感到無可奈何的哀傷。

「在不清楚緣由的情況下，我的確覺得委屈。」我低垂眼簾，不想曝露過多的情緒，「但那也是沒辦法的事……」

「所以妳不生氣了嗎？」

我哼了一聲，「如果你直接告訴我的話，我本來就不會生氣。」

白逸勾唇笑了笑。

我抬起目光，看著他的笑容，無比認真地說：「爺爺會活在你心裡，長久陪伴著你的。」

白逸凝視著前方，靜默片刻，才徐徐地開口：「自從爸媽離開，我就一直認為沒有人會永遠待在自己身邊，所以無論是對人、對事，我都看得很淡，不特別強求，凡事順其自然。」提及爺爺，他的眼神變得既懷念又悲傷，「從小到大，只有年邁的爺爺陪在我身邊，獨立將我撫養長大。我不希望爺爺擔心，因此很努力地想活出他所期待的樣子，希望以後能換我照顧他，但沒想到……」

「我相信爺爺，一定能明白你的心意。」世事無常，生老病死，並非人所能決定，而我們能做的，就是珍惜此刻，把握當下。「他是放心離開的，因為你已經很棒了。」早熟獨立，能把自己打理好，學習成績優異，能力也很出色，未來必定無可限量……除了可能會孤單之外，沒有什麼可操心的。

白逸淡而清淺的目光，緩緩落在我的臉龐，沒有太多濃烈的情緒，猶如一幅大海風景的水彩畫般，簡單卻細緻。半晌後，他忽然笑了，跳脫原先的話題道：「妳知道我為什麼會越來越喜歡妳嗎？」

「為、為什麼？」我因為他突然的發言感到不知所措，不是在說他爺爺的事情嗎？怎麼變成告白了？

「因為我需要妳呀。」白逸溫柔的嗓音緩緩流瀉而出，「就像此刻，即使沒有華麗的安慰字句，只要有妳在這裡，我就感到很安心。」

置於腿上的手緩緩捏住衣角收攏，我不敢抬頭看他，因為感覺自己耳根都紅了。

沒等我說話，白逸的淺笑聲低低傳來，「朵朵，妳不是問過我，為什麼會喜歡妳嗎？」

「我是問過……」但現在討論這個問題，時機點不對吧？

「妳覺得喜歡一個人，一定要有理由？」

「我不是那個意思，只是，你也不可能平白無故就喜歡我吧？」

「所有一個人吸引另一個人的原因，都會在真的喜歡上、愛上後，變成無條件的。」白逸伸手輕撫我的頰畔，指尖滑至我的下巴時，順勢將其勾起，讓我能與他對視。「一頭烏黑長髮，熨燙得平整的制服襯衫，手臂上掛著糾察隊醒目的黃色徽章，衣襬一絲不苟地紮在裙子裡，過膝的百褶裙，白筒襪配黑皮鞋，穿梭在校園內的好學生身影。朵朵，早在我們初相遇之前，我就經常在學校和妳擦肩而過。」

那是我高中時，除了體育課之外，每日中規中矩的裝扮。

「你怎麼會記得這麼清楚？」

「我也很意外。」他笑言，「我沒想過自己會記得這麼清楚，直到那日與妳相遇。」

「所以你是對我一見鍾情？」

「妳一定以為，當時只有妳緊張吧？」白逸挑起一道好看的眉，面色卻有難以掩飾的羞澀，

「其實，我也是會緊張的。」

「那你還一副撩妹很老練的模樣。」

「看妳可愛，就忍不住想逗妳。」

「我可是學姊耶！」我瞇起眼，「你要不要好好說話？」

白逸望著我，收斂起笑意，表情轉而變得溫暖真摯，「在那之後，只要經過高中部，我總會忍不住搜尋妳的身影，我向熟識的高中部學長姊們，打聽到你們班的體育課和我的課表有重疊，就希望能再與妳巧遇。但拯救妳免於因籃球破相的那天，我發現妳根本不記得我了。」

「我那天摘了隱形眼鏡，根本看不太清楚……」他該不會是因為我沒認出他而難過吧？

白逸一笑置之，接著道：「我知道妳喜歡喝麥香奶茶，是因為有一次在福利社，人非常多，我就站在妳旁邊，妳卻沒發現，只是一個勁兒地在煩惱最後一罐麥香奶茶沒了。於是我搶走朋友手裡的放回去，看見我擺回架上的奶茶，妳甚至連頭都沒抬，便興沖沖地趕緊伸手去取。」

「那也不代表，我就一定喜歡麥香奶茶啊。」

「後來我向妳同班的學長求證，他說妳常喝。」白逸見我張嘴想說話，逕自猜測我的問題並回答：「那位學長，剛好是我班上同學的哥哥。」

我有些不服氣地噘唇低喃：「你人脈倒是挺廣的嘛……」

「妳畢業之後，我打聽過妳的消息，知道妳考上景大的行銷系，剛好，我一直以來都對建築設計有興趣，景大的建築系又是首屈一指，所以我很期待，能再成為妳的學弟。」

這算是緣分嗎？

在我大學生涯的最後一年，白逸出現了，我們竟然就這樣再次相遇。

「我原本以為，我可能要花點時間才能找到妳，沒想到我的直屬學長，和妳的好姊妹有著『不解之緣』。」

「你這用詞，最好別被芷綺聽到。」

白逸笑了笑，那表情看上去顯然沒在怕，他繼續說：「我從周治平學長那裡，問了許多關於妳的事情，這聽起來挺變態的，但我沒想過，時隔那麼久，居然還會對妳所有的事情感到好奇不已。」

「所以，你從周治平那裡，知道我有一個心不在我身上的男友，覺得我很可憐嗎？」我沒有悲慘到需要人同情的地步吧？

白逸搖頭，「起初，我是不知道該怎麼面對妳的，既想靠近，又覺得該保持一些適當距離。」

「我完全感受不到你所謂的『適當』距離。」我忍不住潑冷水道。

「因為我心疼妳。」話落的同時，白逸倏地捉握住我的手腕，拉著我和他一起倚靠床頭，半躺在床上。

「白逸！」我驚呼，他卻伸長一隻手臂環抱住我，還將臉埋在我的頸窩處。

「我看著這個女孩，對喜歡的人用心付出，不顧自身傷痕累累，對好朋友推心置腹，對認識的同學們體貼、觀察入微，但她自己呢？」

聽著他這段話，我頓時感到一陣鼻酸。

「朵朵，我沒感受過男女之間相愛的美好，就連我的父母都做出最壞的示範。我也沒辦法用美好的承諾，向妳保證這世界上有永遠不變的人和事。可是我會努力的，妳只需要勇敢地向我跨出一步，剩下的九十九步，都由我來走……」

白逸的臉埋在我的肩膀上，我看不見他的表情，只感受得到他說話的聲音越來越微弱，恐怕是因為身體不適，睏倦了。即便如此，他仍然沒有鬆開擁抱我的力道。

直到最後，白逸都沒有在我面前表現出太多對於最親的爺爺過世的悲傷。

慣性逞強使然，讓他很難在人面前流露脆弱的一面，這我能理解。不過相對的，他還是向我敞開了心扉，說了許多之前我問時，他並未坦白訴說的真心話。

而此時此刻，安然地倒臥在他懷中的我，默默為他流下心疼的眼淚，感受著這份簡單純粹的溫暖同時，不得不承認，早在不知不覺間，我就已經不止向他邁出了一步……

等我睡眼惺忪地醒來，發現已是隔天早上了，迷糊的神智，隨著耳邊白逸勻順的淺呼吸聲逐漸回籠，我倏地清醒，脫離他的懷抱，正懊惱著自己怎麼會睡過夜，起身準備下床，便被一股力道給按坐回床上。

我背對著他，側首輕喚：「白逸？」

白逸溫暖的掌心罩在我的頭頂，可以感覺得到他的臉龐由後方靠近我的頸項，輕柔的鼻息隨之噴吐在我的頰畔，「睡醒了？」

「你早就醒了嗎？」我不敢亂動，視線游移在前方的白牆上。

「嗯，妳會打呼。」

「誰說的！」我差點忍不住地跳起來，尷尬又難為情地反駁道：「我才不會！」

我真的打呼了嗎？不會吧？之前國、高中畢旅時跟同學住一間房，也沒聽說過自己會打呼呀？

「對，妳沒有。」他笑出聲，「我逗妳的。」

我癟嘴，鬧彆扭地想掙扎起身，卻被他按得更緊。

可惡！害我剛剛還緊張了一下。

白逸取下我習慣戴在手腕上的黑色電話線髮圈，二話不說便逕自替我梳理長髮。

「你要做什麼？」

他沒有回答我，但即便沒照鏡子，我也能感覺得到他是想幫我綁頭髮。

我乖乖坐著，任由他慢條斯理地將披肩長髮，仔細地紮成一條俐落乾淨的馬尾，再束上髮圈。

「我還是比較喜歡妳把頭髮放下來的樣子，不過……」白逸繞過我下床，拉開書桌抽屜，從裡邊拿出了一個外觀精緻的褐色亮面小盒子。

他在我面前打開蓋子，盒內裝著一條玫瑰金的圓形鋯石項鍊。「這是妳去年生日的時候，我準備的禮物，但一直沒能拿給妳。」

「為什麼？」

「當時妳的身邊還有邵彥文，要是送出去，會讓情況變得太複雜，而且我也不認為妳會收下。」

「確實……」我微愣地點了下頭，「那你為什麼還要買？」

「因為覺得適合妳。」白逸的唇角勾起一道好看的弧度，他近乎氣音地問：「現在，妳會收下吧？」

我仰頭望著他，雖未應聲，但也沒有拒絕。

白逸就當我是默認了，取出項鍊小心翼翼地替我戴上，冰涼的墜飾落於鎖骨間，他滿意地沉吟，在我面前蹲了下來。「真好看。」

霧氣瀰漫在我的雙眼，一股想哭的衝動，讓我無法繼續與他對視，我甚至連話都說不出來。

「朵朵。」白逸握住我置於腿上的雙手，做過幾次深呼吸後，慎重其事地開口：「雖然，妳可能會覺得我年紀比妳小，沒有寬闊的肩膀，目前也感覺不到能讓妳依靠的穩重，但我知道，自己絕對有能力喜歡妳、保護妳。有一天，當我能跨越年齡，讓妳再也感受不到外在條件差距帶來的不安時，我相信妳會願意的。我相信，終有一日，妳會對我說：『明天，我想和你談戀愛。』」

白逸的這段告白，令我動容，再也忍不住地落淚。

可見我哭，他竟一時慌了，手忙腳亂地從床頭邊的矮櫃上抽來幾張衛生紙替我擦淚，擔心地問：「朵朵，妳怎麼了？」

我略帶鼻音地說：「你緊張什麼？」這又不是我第一次在他面前哭，卻是他看起來最慌張的一次。

「我擔心是不是我告白得太爛，才把妳惹哭了。」

聞言，我破涕為笑，「你已經告白過很多次了。」

「但這次，卻是妳的心最貼近我的一次。」他以指腹點了點我的鼻尖。

我嘴硬地問：「你又知道了？」其實內心，早就因為他的話語而膨脹發軟，感覺到心窩處湧出的滿滿溫暖。

「我當然知道了。」白逸伸手輕捧我的臉頰，「因為我在妳的眼睛裡，看見了自己呀。」

我害羞地稍微躲過他的碰觸，顧左右而言他：「你感冒好些了嗎？」未等他回答，我以手心貼住他的額頭，確認已經退回正常體溫，這才放心。「太好了，退燒了。」

白逸目光溫柔，一語雙關地道：「有妳在身邊，就好了。」他握住我的手，在掌心落下一記輕吻。

這次我沒有反駁，也沒有把手抽回，凝望著眼前的大男孩，嘴角漾出笑容。

在我身邊的白逸，時而幼稚、時而又超齡成熟得像大人，他矛盾又迷人，讓我一點一滴地淪陷，難以抗拒；久違的怦然心動，比起過往的每次喜歡，都還要來得喜悅、踏實。

我不會再抗拒內心喜歡他的聲音。

而每個明天，我都會比今天，更加喜歡他的。

第七章　明天，我想和你談戀愛

親愛的，我們不需要一份太完美的愛情，多給自己一些受傷的勇氣，勇敢地戀愛吧！

冬去、春來，轉眼間寒假結束，迎來了嶄新的學期。

開學不久，景大的學生們便再度陷入考試、報告樣樣來，兵荒馬亂為拚高分的讀書壓力之中，這大概是身處知名學府，必須習以為常的一種慣性循環。

但這個寒假過後，有些人卻開始變得不一樣了……

「我就叫妳別選早八的課，妳為什麼就非得——唉！」蕭芷綺拖著疲憊的身軀、沉重的眼皮，在和我一起趕往策略行銷管理必修課的路上，不停地唉聲嘆氣。

都已經開學一陣子，她還不肯面對現實，老愛碎碎念。

「上學期妳也有選早八的課，妳忘啦？」

「那不一樣啊！」蕭芷綺抹了把臉，「上學期那門課，教授又不點名、又保過，根本就是在送學分，不選的是傻子。」

「那這門課好過的等級也差不多呀，再說了，妳明知我們有早八的課，昨天為什麼還要熬夜追劇？」

她打了一個大呵欠，含糊地說：「唔，妳不懂啦！」

我忍不住失笑，「妳知道，對於大四下的我們，現在最重要的是什麼嗎？」

蕭芷綺毫無上進心地秒答：「睡覺。」

我忍不住翻白眼，糾正道：「是找一份好工作，跟選到好教授的課，All Pass畢業！」

「可是我——」

「策略行銷管理一定要選郝教授，當初學長姊們有特別交代，如果妳不想延畢的話。」郝教授的策略行銷管理課，出了名的佛系，光出席率就佔比三十，另外期中和期末報告各佔三十、四十，基本上只要把出席分數穩穩拿到，這科就可以保證過了。

蕭芷綺堆起虛偽的假笑，皮皮地靠過來勾住我的手臂，「所以我不是跟著選了？」

「那就別抱怨。」我伸出食指推了一下她的額頭。

「就真的很想睡嘛……」她乾脆死皮賴臉地攬著我，順便把頭靠在我的肩膀上，「而且，郝教授人要是真這麼好的話，為什麼不讓我們兩個一組？」

「教授不是說了嗎？要我們脫離舒適圈，學習與不同的人合作。」所以期中期末小組報告，分組的部分都是以電腦隨機抽選的。

蕭芷綺小聲抱怨：「呿，我又不想脫離舒適圈。」

我推開她，故作一臉嫌惡，「妳這樣我很難走路。」

「那這樣呢？」她嬉皮笑臉地改摟住我的脖子。

我盯著她的側臉，思忖片刻道：「妳的頭髮長長了，不打算剪嗎？」其實剛在校門口碰面時，我就發現了，但一直沒找到機會問。

「突然想稍微留長一點，看看能不能增添瀟灑英氣。」她還刻意扒了一下瀏海。

「那就別剪短了吧？乾脆留長頭髮。」

蕭芷綺頓下腳步，古怪地睨我，「妳認真的？」

「妳留長髮肯定很美。」我真心地讚美，接著補充道：「而且我覺得周治平一定會很開心。」

「他說不喜歡我留長髮啊。」

「為何？」

「當然是怕我太美，會惹來一堆蒼蠅。」

「這倒是。」

但既然她有開始考慮留長髮，那我想，應該是心境上也有所變化了吧？可能是想揮別過去，往前邁進，抑或是，終於看見身旁那個從始至終，一直都在等候著自己的人。

進教室後，蕭芷綺一眼就發現和我們選了同一堂課的王薔，揚了揚下巴向我示意。

我順著方向望去，與王薔對到面，她的表情淡淡的，但說不上為什麼，總覺得她看到我的那一刻，眼神似乎有些複雜。

她依舊那麼耀眼，靜靜地坐在人群之中卻有著強烈的存在感，周圍的人眼光都離不開她。

可不同以往的是，過去她時常因為這樣而表現得沾沾自喜，臉上的笑容隱藏不住那份享受群眾目光的驕傲與自信，可如今，她變得收斂許多，彷彿旁人的吹捧讚美之於她，已不再那麼重要。

教授帶著一疊印好的補充教材，準時於上課鐘響踏入教室，環顧了一圈百分之八十的出席率，滿意之情溢於言表。將資料發給第一排同學們傳下去後，開完笑地說：「謝謝大家這麼捧場來上我的課，要早起不容易啊。」

同學們面面相覷，紛紛露出尷尬又不失禮貌的微笑。為了保過，犧牲點睡眠又算什麼。

確認全部人都有拿到一份印製的教材後，教授站在講台上，剛調整好麥克風，正準備開始上課，就被三個提著大包小包麻布袋，忽然出現在教室門口的學生給打斷。

「教授不好意思，打擾了！」

教授單手撐在講桌緣斜倚著，神色好奇地問：「你們這是要幹麼？」

「教授，這週是校園愛情週，我們是來發糖果的。」

「喔，對啦，糖果寄情嘛！」教授恍然大悟，點點頭向他們比了個「請」的動作。

景大每年的愛情週，都會辦糖果寄情活動，和我以前就讀的勤陽中學在畢業季時推出的玫瑰傳情類似，都是提供給比較害羞，不敢勇於表達心意的男女生們參加，屬於保守派的告白方式。活動期間會在校園廣場設攤位，每個人都可以依照心意，購買不同大小的棒棒糖或糖果禮盒，贈送給喜歡的人，無須親自送達，只要指定欲告白的對象、科系年級和在心形小卡片上寫下想說的話，活動組的同學們就會使命必達，幫你送到對方手中。

糖果寄情至今舉辦到第三年，是很受學生們歡迎的活動，第二年開始，學校論壇上甚至不知何時出現了「糖果CP」這樣的熱門標籤，泛指在收到糖果後，三天之內接受對方告白，成功配對的情侶，會在互相確認心意後，上傳合照到論壇的愛情分類欄目。

三位活動組的同學，分別從他們手提的麻布袋內，取出各式各樣繫有愛心小卡的棒棒糖、糖果，穿梭於座位間發送。

每年到了愛情週，王薔總會收到許多糖果，而那張充滿自信的美麗臉龐，經常是帶著驕傲與不屑一顧，甚至連愛心卡片都不曾拆下來多看一眼。但從剛才開始，她卻一一翻閱每份禮物繫著的卡片，臉上的神情也從原先的期待，轉為明顯的失落。

「她該不會是在等邵彥文的糖果吧？」蕭芷綺靠過來低聲道。

我聳了聳肩，沒發表任何意見。

人總在失去之後，才知道珍惜。

每個人或多或少都有自己必須經歷的愛情課題。也許，在錯過邵彥文對她的那份執著後，未來，她才會更懂得好好把握身邊真心待自己好的人。

寒假結束前，我收到邵彥文的LINE訊息，說大學剩下的這最後一學期，他打算利用時間好好找份外地的工作，畢業後就離開這裡，至於有些人、有些事，他想試著放下了。

他說得很委婉，但我曉得，他是要往前走了。

感情這種東西，一旦割捨，就很難回頭，畢竟當初愛得有多深，在離開時，就會有多決絕。

而萬一回頭了，那可能就是一輩子了。

一名男同學來到我的座位旁，遞了一根色彩鮮豔的大棒棒糖給我，然後又在袋子裡翻了翻，確認沒有其他要給我的糖果後，才走向下一位同學。

我錯愕地瞪著手裡這根尺寸根本放不進嘴巴裡，鮮紅色、愛心形狀的棒棒糖，不知道該拿它怎麼辦。

「是哪個『愛慕者』送的呀？」蕭芷綺側身，微笑的表情意有所指。

我將小卡上面的署名翻給她看。

蕭芷綺立刻噗哧笑出聲，揶揄道：「白逸學弟對妳的熱愛，還真是滿滿的。」

我有些哭笑不得，但還是挺感動的。我取下繫在糖果棍上的卡片，看見白逸漂亮的字跡寫著：**明天，妳要和我談戀愛了嗎？**

某人發現我嘴角藏不住的笑意，受不了地翻了一個白眼，「你們到底是要不要在一起？」

「要啊。」我坦然點頭，笑得像個戀愛中的少女。

「那妳……」

我故作神祕地朝蕭芷綺眨了眨眼，笑而不語，瞥見她放著講義和幾枝筆的桌面，感到意外地問：「妳的糖果呢？」往年，周治平都會送一盒糖果給她的，為什麼今年沒有？

「沒收到。」

「周治平忘了？」

「管他的！」蕭芷綺扯扯脣角，一副無所謂的模樣，但那表情變化的瞬間，流露出的在意，仍是被我捕捉到了。

趁著上課期間，我偷傳LINE給周治平：「欸，你怎麼沒送糖果給芷綺？」

「你們班送過了喔？這麼快！」

「我們在上早八的課啊，當然快了。」我想了想，又傳：「你該不會是變心了？」

「怎麼可能！」

「那不然呢？」

最後一句話已讀後，周治平便沒再回覆。快下課之前，他出其不意地捧著一束花和巧克力現身於教室外的走廊，立刻引起眾人們一陣騷動。

教授打趣地問：「外面那位純情的男孩子，應該是在等我們班上的某位女生吧？」

坐在蕭芷綺前面的位子，像個長不大的小孩一樣，個性依然幼稚的男同學調侃道：

「咳，也可能是位『男生』。」

「閉上你的嘴！」蕭芷綺在桌底下踹了他的椅腳。

她以前都不會這麼大反應的，怎麼現在突然就氣呼呼了？

教授宣布下課後，我見她慢吞吞地收拾書包，催促道：「周治平在等妳耶，妳還不快去？」

「那傢伙就是淨做些讓我尷尬的事……」她喃喃低語，可頰邊卻出現了難得一見的羞澀。

我看在眼裡，並不打算拆穿，暗自為周治平即將熬出頭的單戀感到開心，順著她的話說：「是是是，但妳還是得出去面對的吧？」

蕭芷綺背起包包立身問我：「妳不一起？」

「我才不要當電燈泡。」

我話剛說完，教室外那已經等不及的周治平，在眾目睽睽下急火火地闖進來，朝我們大步邁近，都還沒站定位，就已經緊張地開口：「芷綺，妳是不是在生我的氣？」

周圍幾個原本要走的同學們聞言，猶如腳底生根般，帶著看好戲的神情投以目光。

蕭芷綺又羞又氣，推了周治平好幾下，「你進來幹麼啦？」

我發誓我認識蕭芷綺這麼久，從沒在她臉上看過這種表情。

周治平著急地解釋：「往年糖果寄情，我都託人送糖果給妳，今年我想來點不一樣的，所以就親自送來了。只是我忘記妳今天有早八的課，活動組這麼早就開始發糖果，所以——」

「好了你別再說了！」蕭芷綺制止他繼續發言，禁不住眾人的注目禮，抓好包包，一路推著他出教室，離開前還不忘跟我打聲招呼：「朵朵，我們先走喔。」

「快走、快走。」我揮著手，笑到前俯後仰。

距離上次周治平當眾向蕭芷綺告白已是兩年多前，他很久不曾再如此大動作地表達心意了。

我想是因為，他也發現蕭芷綺漸漸敞開心扉了吧？

班上同學們陸續散去，而我和同組的女同學留下來待了一會兒，初步討論、交換一下期中報告想要研究的方向，最後才離開教室。

還沒到中午，我想起某人在這個時間點會待在哪兒、做什麼事，於是移動腳步，往更後方的校區前進。

等快走到建築系所，正準備傳LINE給白逸時，手機恰巧捎來他的訊息：「收到棒棒糖了嗎？」

我撥出語音通話，待白逸接起，故意逗他道：「收到了，但這要吃的話，可能得先敲碎了。」

他語氣哀怨，「反正，妳最擅長的，不就是讓我心碎嗎？」

「那怎麼辦？」我憋著笑，從主玄關進入系所，下樓前往B1的模型教室。

「沒關係，身為建築系的學生，我擅長做手工藝，可以自己再把心拼回去黏好。」

「好像很委屈的樣子？」我悄悄走進門，見白逸低低地歪著頭，用肩膀夾著手機和我講電話，兩隻手忙著切割模型紙板，動作看上去有些不順手。

「不委屈。」

「切紙板的時候還是專心點吧，免得割到手。」我按掉電話，隔著桌子停下腳步。

白逸取下夾在肩頭的手機，抬頭發現我站在面前，又驚又喜地問：「妳怎麼來了？」

我拉開椅子坐下，笑說：「想找你中午一起吃飯啊。」

「好，那妳可能要等我一下。」

瞥見布滿桌面，白逸切割好屆時要用來組裝模型的材料，我點點頭。

「我很快就好。」說完，他繼續仔細地進行手邊工作。

雖然我知道不應該打斷他，但思索了一陣，還是決定問：「白逸，你為什麼突然送我棒棒糖？」

「這週不是校園愛情週嗎？」他邊忙邊說：「糖果寄情是表白活動啊！」

「但你都已經向我告白那麼多遍了，還需要用這麼隱晦的方式嗎？」

「直球進攻妳也沒答應我，我想說換個方式嘛。」頓了頓，他又道：「而且，這又不是我第一次送給妳。」

「什麼意思？」

「以前勤陽中學畢業季的玫瑰傳情活動，我也有送過妳呀！」

「嗯？」我睜圓雙眼，想起幾年前高中畢業前夕，學生會負責活動的同學曾經拿過一朵玫瑰給我，說是一名男同學匿名送的，他不方便透露是誰。

白逸快速地掃了一眼我臉上的表情，脣邊露出笑意，「妳很驚訝嗎？」

「你當時為什麼要送我花？」

他不假思索地回答：「因為喜歡妳呀！」

「那為什麼要匿名？」

他哼笑一聲，「那時候妳都要畢業了，有必要讓妳知道我是誰嗎？」

我故意刁難，「那現在我也快畢業了啊。」

「現在不一樣。」

「哪裡不一樣？」

「我已經十八歲了。」

「我記得我說的是滿二十歲。」

「好，那妳再等等我。」

「我為什麼要等你？」

那雙與我對視的眼裡飽含笑意，白逸討價還價地道：「看在我喜歡妳這麼久的份上？」

我沒有答覆他，認真地問：「你有自信，即使未來發現我有許多缺點，也依然會這麼喜歡我嗎？」

他停下手邊的工作，微微斂起笑容，同樣認真地說：「我有自信，即使看盡了妳全部的缺點，我依然會堅定地走到妳身邊。」

我感動地低下頭，久久無法言語。

我們就此安靜了一段時間，等白逸的作業進度告一段落，他開始收拾東西，我鼓起勇氣點開手機裡早就準備好的回答，然後問：「你忙完了嗎？」

「嗯，忙完了，我們去吃飯吧。」

「那你要不要抬頭看我一下？」

白逸收好美工刀片，放進鉛筆盒後，抬頭看見我橫著手機，全屏的跑馬燈上寫著：**明天，我想和你談戀愛。**

這句話，我前幾天就準備好了，只是一直思考該在什麼適當的時機播給他看。

但某人現在笑到雙肩顫抖是……

「你笑什麼啦？」我的臉都快燒起來了，他還取笑我。

白逸自座位站起，隔著工作桌橫過上身，立即給了我一個溫柔繾綣的定情之吻。

等他退離，我害羞地捂著半張臉，悶聲道：「哪有你這樣的？」

「誰叫妳讓我這個浪漫、體貼又溫柔的好男生等了這麼久。」

「噗！」他還真的很有臉說。我忍俊不禁，反駁道：「是不是好男生我不知道，但絕對是厚臉皮的男生。」

「好吧，既然妳都這麼說了，那還不快過來？」

「過去幹麼？」

他張開臂膀，「過來抱抱啊！」

我終於憋不住地大笑出聲，笑到都快要流出眼淚，才緩緩挪動腳步，繞過桌子走到他身邊與他擁抱。

「妳回覆告白的方式，讓我覺得非常特別。」

我再度害羞，抿脣不語。他非得要說這話來逗我嗎？也不想想我都幾歲了，可他才滿十八呢……

白逸輕捏了捏我的鼻尖，「但我就喜歡看妳，明明被我惹得很無奈，又拿我沒辦法的樣子。」

「這好像不是一個好男生會說出口的話。」我失笑。

他雙手圈緊我，靠在我耳邊低語：「楊朵朵，謝謝妳。」

我自他懷間仰頭，看見那雙眼中，似乘載了星辰，耀眼奪目，像極了愛情裡，兩人相愛時最美好的模樣——

「白逸，我喜歡你。」

未來，如果可以，我會代替爺爺陪著你的。

這句留在心底未出口的話語，白逸彷彿聽見了。

他靜靜地望著我，悄悄紅了眼眶，半晌後俯身，笑著吻住我的唇。

每個人的一生中，總要不顧面子地追求一次、豁出去地勇敢愛一次，從失戀的傷痛中，奮力掙扎地站起來一次，你才會知道，自己嚮往的愛情究竟是什麼模樣，才能以更清晰的眼光，看見那個始終陪伴在身邊的人，學習如何與對方相處、相愛。

沉溺在愛情裡，反覆傷心和失望中掙扎的人，絕對不只你一個。然而，只有嘗盡了快樂與悲傷，幾次與不適合的人擦身而過，當那個對的人走向你時，你才能更懂得把握，看見對方的好，與幸福該有的姿態。

總有一天，會有一個人出現，他值得你的每個明天，並且，與你相愛。

全文完

番外　每天都想和妳談戀愛

我花了很久的時間，才確定自己深深愛著眼前的這個女孩。
我不認為，那些蹉跎和兜圈，讓我們失去了太多相處的時光。
我的內心充滿感謝，能在她經歷過感情的磕磕碰碰之後，再次與她相遇，並且——
和她相愛。

在擦肩的一霎那　你淺淺的一個笑　讓夏天永遠了
讓我的心上　刻下了　叫做愛情的牽掛
想守護在你身旁　用深深的一個吻來把你訂下
就讓我的誓言　用你的明天來驗明真假

你是否和我一樣　但願美好的時光能無限延長
站在永遠面前　相信愛的人渺小卻堅強

你的手是我小小的天堂　握住了我就再也不想放
你讓寂寞崩塌冰雪融化　讓思念瘋狂
我的手是你大大的翅膀　帶著你飛向燦爛的遠方
靠著我的肩膀你聽見嗎　每顆星星都在說愛我好嗎

這裡有一個小小的天堂　別害怕外面風雨那麼大
如果能夠依賴何必逞強　我為你阻擋

我想要給你天天的晴朗　把全世界都放在你手上
不管路有多長　初心不忘
每次心跳都在說　愛我好嗎

（〈愛我好嗎〉詞：徐世珍／曲：王博文）

破曉之際，忙了一晚期末作業的我，總算把模型架構建置出一個雛型。拼貼小細節十分耗眼力，長時間低頭，也讓我的肩頸感覺痠疼不適。

我抬手替自己按摩幾下，瞥見有人趴在一旁蜷縮著身軀，睡得香甜。

雖然正值初夏，學校入夜依舊添涼。

凌晨為她披上的薄外套，被怕熱的她無意識地褪下，三分之一角拖落在地，我將其拾起，拍掉灰塵、折整齊擱置在一旁。

她動了動，換個姿勢趴向另一面，還咕噥了一聲，我以為她會稍稍轉醒，但她沒有，繼續氣息細勻地熟睡著。

我坐靠椅背，閉目養神，原本只是想休息一會兒，結果過於疲憊以至昏睡，再醒來已經快早上九點了。

周治平人未到、聲先到，爽朗的語調劃破一室寧靜：「學弟，你該不會昨天在這裡熬夜吧？」不久，才見他背著後背包，手裡捧著一個組裝精緻的模型和幾本厚重的書，慢吞吞地走進來。

我點點頭，朝他比了一個「噓」的手勢。

他發現趴睡在桌上的楊朵朵，躡手躡腳地靠近，小心翼翼地輕放下模型和所有的東西後，壓低音量道：「她昨天在這裡陪你一個晚上嗎？」

我嘴角抿著笑意，再度點頭。

周治平昨晚也在宿舍通宵趕簡報，按壓著後頸，他吁了口氣，「我看也只有這幾天她爸媽到南部旅遊，你們才能這樣吧。」

我不置可否，調整過坐姿，勾唇問：「今天不是週末嗎？學長你怎麼來了？」

「我今年都要大五了。」周治平苦笑著搖頭嘆氣，「你又不是不知道，建築系哪有喘息的時間啊，到最後一年更是折磨人。」

「辛苦了。」

周治平拍了拍我的肩膀，「沒事，我走過的路，以後你也會走的。」臉上露出一副「早晚輪到你」的笑容。

「芷綺學姊呢？」

「應該是在家吹冷氣，翹腳看漫畫吧。」提及蕭芷綺，周治平的表情永遠透著氾濫的寵溺。「準畢業生啊！真羨慕。」

「學姊似乎不著急找工作？」

「當然沒有啦，要積極找工作應該是像朵朵那樣，寒假準備好履歷和中英文自傳，四下一開學，就到處丟履歷應徵、面試，或拜託教授推薦介紹，哪像她，混得咧！我猜她到現在，都還沒寫出一份像樣的履歷吧。」

我輕點著頭，「不過學姊家境好，又是女孩子，也不急。」

周治平擺擺手，「沒事，以後我養她就好。」

就我所知，他們至今八字都還沒一撇，學長這單方面的狗糧，撒得還真是教人哭笑不得……

我們聊了一會兒，經過教室走廊的主任教授忽然探頭進來，一看到周治平便開口：

「欸？你在正好，跟我來辦公室一下，上次的那份結構圖，我有些地方想和你討論。」

周治平哀號，「教授，週末耶，你就不能放過我嗎？」

「到底想不想拿高分了？」教授玩笑似地語帶威脅，「不想的話，我也是可以——」

「想！」周治平二話不說，認命地立刻動身跟著走了。

目送他遠去後，我收拾妥東西，關掉手機播放的音樂，索性和楊朵朵一起面對面趴在桌上。

見她安穩的模樣，我忍不住伸手輕觸她的臉頰，她撓了撓鼻子，閉著眼睛，慵懶地嬌嗔出聲：「嗯……幹麼？」我猜，她應該早就被我和周治平交談的聲音擾醒了，只是還不想起來而已。

「想妳呀。」

楊朵朵皺了下眉，緩慢睜開惺忪的雙眼，「我不就在你面前嗎？有什麼可想的？」

「想以前在勤陽時的妳。」

「你是嫌我現在老了嗎？」

我搖了搖頭，笑著沒有說話。

「我跟你說，你要好好珍惜我啊，出社會後，萬一我身邊出現條件不錯的人追求我，我可是會考慮跟對方走的，到時你就要哭哭了。」楊朵朵開玩笑地說，一隻手卻伸過來，緊握著我的手不放。

前天楊朵朵剛收到行銷公司的錄取通知，畢業後，便要投身職場了，這會讓我們不僅有年齡差距，更會開始產生經歷上的差異。我知道她心中是有所顧慮的，怕我們的感情會因此生變，但我對我們的未來很有信心。

我趁楊朵朵反應不及，吻上她因為我的沉默，而喋喋不休抱怨的嘴唇。

和我在一起後，她仍然經常感到不安，擔心年齡差距，擔心我喜歡她只是年輕不懂事，擔心她不夠優秀、配不上我，所以時不時會說出那樣的話，笑著威脅我萬一不夠用心，就要離開我。就像現在，那雙掬滿笑意的眼底，隱約閃動著惶惶遲疑。

但她的那些顧慮，從來不會影響到我。

花了這麼久的時間，才讓她走到我身邊，我很清楚自己從始至終想要的，就只有那麼一個她而已。

「白逸，你犯規！」楊朵朵掙脫我的親吻，臉紅害羞地推開我，「每次都這樣。」

我笑吟吟地手托下巴，側頭睨著她，「我哪樣？」

她別過目光，手忙腳亂地遮掩我的視線，「你別這樣看著我。」

「為什麼？」

「會害羞啦！」

我慢條斯理地按下她的手，「也是，應該很難有女生被我這樣盯著，還不害羞的。」

楊朵朵不輕不重地拍我，「你就是這樣，我才會沒安全感。」

為了逗她，我故作誇張地說：「天地良心啊，我心裡只有妳一個人，也只會對妳這樣。」

楊朵朵忍俊不禁，低頭偷笑，短暫的遲疑散去，眉宇間盡是幸福。

為了讓她有安全感，我什麼都願意做。

她知道我說的是真的。

因為自從我們在一起後，她身邊的同學、朋友們時常會對她說：「白逸的眼裡，只有妳。」

太過幸福，有時容易令人感到不安，即便如此，我也會用每個明天去向她證明，時間帶給我們的不是考驗，而是更加緊密的心。

楊朵朵捧住我的臉揉了揉，笑容在她臉上過分甜蜜。

我抽離思緒，抓下她的雙手，自信地說：「等妳出社會，只會發現，再沒有人比我更好了。」

「為什麼？」

「因為我最喜歡妳。」我靠過去，與她額頭碰額頭，「妳會相信我吧？」

她閉起眼片刻，終是笑著說：「嗯，我信你，再沒有人比你更好了。」

♥

景帝大學的畢業典禮，號稱是城內三所著名大學中，最有誠意、最值得參加的。不僅場布隆重、證書精緻，全校同慶之餘，更會邀請各界著名人士觀禮，每位同學逐一上台，由系所的指導教授們輪流進行「撥穗禮」，再由院長及系主任頒發畢業證書及合照。

禮成後，畢業生們校園巡禮，最後一站會抵達校內的中央廣場，那裡有透明的搭棚自助餐，典禮組特別安排了知名飯店外燴，和露天的古典音樂演奏，供學生和家長們交流享用。

周治平從幾天前開始，就一直在期待今日的到來，一早便打電話給昨晚再度常態通宵作業的我。

「誒誒誒，白逸，我們今天約幾點？」

「都可以呀。」我緩緩打了個呵欠，站在浴室的洗手台前，對著鏡子揉了揉一頭亂髮。

「那我們一小時後，約在花店門口見如何？」

昨天下午，我們相約至學校附近的花坊，訂了兩束要送給楊朵朵和蕭芷綺的花。

「可以。」

「拿完花我們就去中央廣場等吧。」周治平自顧自地安排後續行程。

「你想場外觀禮？」中央廣場有半層樓高的螢幕牆，聽說會全程直播畢典。

「今天是我們家芷綺的大日子耶！我當然得全程參與。」

周治平大學生涯裡最遺憾的，大概就是建築系要讀五年，沒辦法和蕭芷綺一起畢業。他滔滔不絕說了一堆後，可能是發現我沒什麼反應，於是將話題繞到我身上問：「白逸，你禮物準備好了吧？」

「有。」要送給楊朵朵的畢業禮物，我早就收在包裡了。

「讚啦，那等等見。」

結束通話後，我看見楊朵朵傳來的訊息：「我要出發去學校了。」

「好好享受妳的大日子，畢業生。」

「今天我爸媽和姊姊都會去，你緊張嗎？」

邊刷牙，我單手打字笑回：「有什麼好緊張的，都見過幾次面了。」

在交往了半個月後，是我主動說要跟楊朵朵回家見父母的。

因為我想融入她的家庭，讓她安心。

慶幸她的家人都很喜歡我，聽說對我各方面都還挺滿意的。看他們相處得和氣融融，我原本以為她爸媽會介意我有個破碎的家庭，結果他們反而心疼我的遭遇，溫暖地接納我，還時常邀請我到他們家吃飯，一同出遊。

「也是，我爸媽那麼喜歡你，哼，我都開始有些吃醋了。」

「吃什麼醋。」刷好牙、洗完臉，我走出浴室回房間，停在衣櫃前回覆：「妳的男人討喜不好嗎？」

「肉麻！」她給了我一張瑟瑟發抖的貼圖，應該是想表示全身起雞皮疙瘩，隨後又傳來：「我先跟家人出門了，晚點見。」

笑著讀取訊息，我將手機拋擲床上，開始認真思考，身為畢業生的男友，是否應該盛裝打扮一下？

猶豫地挑挑選選，最後從櫃內拿出一件純白襯衫和鐵灰色休閒西裝褲。換完裝、梳理好頭髮，瞥見置於桌角的眼鏡，我想了想，伸手取來。

雖然近視度數不深，平時不戴也不會影響正常生活，但我記得，楊朵朵前陣子一直叨念著，希望我可以偶爾戴戴眼鏡，看能不能削弱顏值魅力。

她總是想盡辦法，希望我能醜一點。

我戴上眼鏡，站在全身鏡前審視了自己一遍，確認已打理好，便出發前往和周治平約定好的碰面地點。

我們都準時抵達花坊，取走兩束色彩嬌豔、包裝精美的花束後，便移動至中央廣場。途中，周治平好奇地問：「白逸，你今天幹麼戴眼鏡？」

「好看嗎？」我笑了笑，不答反問。

「你看看這沿路對你投以目光的女孩子們有多少，再來問我這個問題。」周治平一手抱著花，一手拉了拉襯衫衣袖。

他今天穿了一件粉色襯衫，搭配牛仔褲，全黑球鞋，休閒中帶點斯文，頭髮向後梳得很整齊，露出飽滿的額頭，更顯朝氣。

「朵朵說，希望我可以偶爾戴戴眼鏡，看能不能削弱點魅力值。」

「應該是不減反升吧。」

中央廣場設置的座位區一位難求，我們站在螢幕牆左側的鳳凰花樹下，有一搭沒一搭地閒聊著。

兩名女同學由正前方，彆扭地朝我們走來，她們手中各拿著款式一致的牛皮紙信封，嬌羞的神態，在她們尚未發言前，就已先充分地表明來意。

其中，相貌清秀、帶著一副細框眼鏡，兩頰有些小雀斑，頭髮及肩的女孩率先開朗地向我們打招呼：「你們好。」

周治平不明所以地瞄了我一眼，禮貌性地回覆：「妳好。」

須臾，他又露出了然於心的表情，似乎認為這兩個女孩子是來向我告白的。

豈料，兩名站定於前的女孩子，在交換過一記眼神後，同時開口道：「周治平學長，我喜歡你。」、「白逸，這是我的心意，請收下！」

周治平驚呆了，拿也不是、不拿也不是，無助地轉頭看著我。

我對他眼底的呼救視而不見，逕自朝向我告白的女同學說：「對不起，我不能接受，我已經有女朋友了。」

皮膚白皙、妝容精緻，烏黑長髮及腰的女孩點了點頭，揚在臉上的笑容，並沒有因為我的拒絕而立刻垮下。「沒關係，我只是想讓你知道我的心意。」

我神情淡然，「謝謝妳，但信我不能收。」

脣角一僵，她問：「為什麼？」

「因為任何會讓我家朵朵誤會或擔心的事情，我都不會做。」

沒什麼被告白的經驗，不擅長拒絕女孩子的周治平聽到我說的話，立刻跟著附議道：「對對對，任何會讓我家芷綺誤會或擔心的事情，我也不會做！」

眼鏡女孩困惑地問：「學長，你還沒有和芷綺學姊交往吧？」

「這不是交不交往的問題，而是我的心裡就只有她啊！」

「可是你都被拒絕這麼多年，現在芷綺學姊都要畢業了……」眼鏡女孩失望地低喃。

周治平歪著頭直言：「喜歡她是我的事情，跟她接不接受我無關呀。」

可能是因為發現圍觀人群的竊竊私語，女同學們在被我們清楚拒絕後，未再多加糾纏，轉身快步離去。

周治平一臉感覺不真實的樣子，騰出空著的手拍了拍臉，「我剛剛不是在做夢吧？」

「要我恭喜你嗎？」

「呿！留著等芷綺接受我的告白後再恭喜吧。」

我勾起脣角，不置可否。

他沉吟一會兒，說：「難怪朵朵常會擔心男友長得太帥的壞處。」

我聽了趕緊道：「學長，剛才我被告白的事，你等會兒別跟朵朵說啊。」

周治平點點頭，忽然想到什麼似地，湊過來低語：「那我剛剛被女生告白的事，你等等可以跟芷綺說嗎？」

聞言，我一時沒忍住地噗哧笑出聲，「你覺得以芷綺學姊那樣的個性，她會吃醋嗎？」

「哎，凡事都得試試嘛！」

楊朵朵和蕭芷綺上台進行撥穗禮、領畢業證書時，我們不約而同地拿出手機對著螢幕牆錄影，想記錄下這珍貴的時刻。

而畢業典禮，也在眾人的祝福之中，完美落幕了。

畢業生校園巡禮結束，中央廣場湧現大量人潮，變得比稍早更加擁擠。

我和周治平花了一些時間，才從黑壓壓的人群裡，找到楊朵朵和蕭芷綺的身影。

她們和家人們待在一起說說笑笑，手裡捧著幾束花，臉上洋溢著燦爛明亮的神情，如同她們充滿光明的未來。

我們與她們會合後，周治平因為初次見蕭芷綺的父母，太過緊張而異常安靜，讓我不曉得該怎麼幫他提起「被告白」的話題。原本以為他會一直木訥無言，沒想到過了不久，他像是豁出去一般，當著大家的面，九十度鞠躬揚聲說道：「蕭爸爸、蕭媽媽，請把芷綺交給我吧！我一定會好好疼愛她、照顧她的！」

楊朵朵笑得東倒西歪，扶著我的手臂差點站不直，「周治平第一次跟芷綺告白時，也是這股氣勢。」

蕭爸爸好奇問道：「年輕人，你和芷綺在交往嗎？」

周治平面露赧色，結巴回答：「還、還還還……還沒。」

「那你這是──」

「爸！」蕭芷綺出人意料地開口：「我、我有在考慮要接受他啦……」

周治平難以置信地盯著蕭芷綺因害羞而逐漸泛紅的臉，愣了幾秒後，大叫歡呼：「天啊、天啊！太好了！太好了！」只差沒有抱起蕭芷綺轉圈圈了。

我默默牽起楊朵朵的手，見她眼底閃動著感動的淚光。這次她終於可以不必再擔心了，周治平和蕭芷綺一定會幸福的，就像我們一樣。

眾人圍在一起寒暄片刻，家長們相約前往透明搭棚享用自助餐，而蕭芷綺則是神祕兮兮地拉著楊朵朵到一旁講悄悄話。

楊珞的存在本身就很吸睛，但她似乎對旁人欣賞的眼光習以為常，落落大方地和我聊了幾句，便稱肚子餓要去拿東西吃了。

周治平手裡捧著一堆蕭芷綺收到的花束和禮物，一頭霧水地問我：「她們兩個到底在說什麼呢？這麼神祕。」

我聳聳肩，「我也不知道。」

但就在他問完不久，蕭芷綺從隨身的托特包裡，拿出一把小型大聲公，塞進楊朵朵手裡。

楊朵朵的臉瞬間紅透得像煮熟的蝦子，羞赧之色蔓延頸脖和耳朵，她轉身面向我，做了好幾次深呼吸，抖著手對著收音端，在眾目睽睽下開口：「白逸，我好喜歡、好喜歡你！」

被她告白聲吸引的圍觀群眾鼓舞歡呼，有的人吹口哨，有的人起鬨要我們親一個。蕭芷綺走過來拍拍我的肩膀，「白逸學弟，不要說學姊對你不好，這樣的告白福利，應該有撫平你告白朵朵多次被拒絕的委屈吧？」

我笑著點頭，「有是有，但我們朵朵臉皮薄，我恐怕得先把她帶走了。」

「快去吧！」

邁步走向楊朵朵，我護好她、牽緊她的手離開中央廣場，前往我們在景大第一次重逢的地方。

回到建築系一年級的教室外，楊朵朵疑惑地仰頭問我：「白逸，你帶我來這裡幹麼？」

「那天，周治平學長在我身後，叫了我的名字。」楊朵朵挑起一道眉，不明白我說這話的用意，但我仍自顧自地道：「我回過頭，初入眼簾的卻不是他，而是隨著他的話語，將目光落到了和蕭芷綺一同站在角落的妳身上。」

「白逸學弟，很高興認識你！我是你的直屬學長周治平，我和我的兩位朋友一起來的，如果你不介意的話，要不要跟我一起過去和她們打聲招呼，她們就站在那裡。」

「所以，我毫不猶豫地答應和他一起過去找妳們。」

楊朵朵笑望著我，眼角溼溼的。

我拿出早就準備好的畢業禮物——墨綠色硬殼紙盒內裝著一對純銀的情侶戒指。

「以後正式求婚，我會再補一個更好的給妳。」

「你真是的……」她的鼻尖染紅，嗓音有一絲哽咽。

戒指套上楊朵朵的無名指，大小剛好，因為之前我趁她睡著時偷偷量過。

她的眼裡，彷彿有著千言萬語，卻遲遲說不出話來。

我戴上自己的那一只，握住她同樣戴有戒指的手。

楊朵朵順勢撲進我懷裡，悶聲說：「你這樣太犯規了。」

「有嗎？」

「怎麼可以連戴眼鏡都這麼帥……」

我朗聲大笑，心知肚明她真正想說的其實不是這個，而是沒料到我會送情侶對戒做為她的畢業禮物。

我摟著她笑言：「再怎麼帥，我也只是妳一個人的。」

楊朵朵自我懷間抬起頭，「真的？」

「真的。」我忍不住揶揄，「何況，妳都已經在大庭廣眾之下拿大聲公向我告白了。」

她掙脫我的懷抱，故作賭氣地想走，被我拉了回來。

「你就愛逗我！」楊朵朵鼓起臉頰。

我捏起她的下巴，猝不及防地落下一個深吻，並抵著她的額頭輕聲道：「朵朵，畢業快樂。」

楊朵朵稍稍退開，雙手環抱在我的腰間，眼裡有光芒在閃耀，「謝謝你，白逸。」

我知道她的這聲道謝，包含著太多太多。

耳邊彷彿響起，那首歌的某幾行歌詞——

想守護在你身旁　用深深的一個吻來把你訂下
就讓我的誓言　用你的明天來驗明真假
我想要給你天天的晴朗　把全世界都放在你手上
不管路有多長　初心不忘

我會一直記得，再次見到楊朵朵的那天。

記得這份得來不易的緣分。

對我而言，她就是愛情的模樣。

每天、每天，都想和她談戀愛。

番外完

後記　明天以後

這個故事能以實體書的方式和大家見面，真的令我既驚喜又感激。

謝謝每一位喜歡我故事的你們，和POPO站上時刻陪伴與鼓勵我的樂櫻、黎漫和懷德，有妳們在真好。

特別感謝可愛的責編尤莉，在創作上給了我許多建議及支持，讓我走在這條路能無後顧之憂地向前，能與妳相遇，成為工作上的好夥伴，實在太幸福了。

五月到八月之間，我沉澱了許多，三十歲時應有的徬徨，到了三十二歲，我才真正感覺到迷惘，從跌倒，又重新站了起來。

每個人在面對未知的明天，都有著不同的應對方式。

有些人充滿期待，有的人則惶恐不安；有些人訂定好目標便勇往直前，而有的人因迷失而裹足不前。

無論如何，時間都不會因為我們的任何遲疑，停止下來。

故事中的楊朵朵和白逸，在明天之後，談起了戀愛。

而現實中的我們，也在每個明天，為自己的幸福奮鬥著。

唯有誠實面對自己，才能清楚真正想要的是什麼。

連載期間，我收到許多讀者朋友留言，對配角邵彥文的看法，有人認為他很渣，有的則說無法討厭他，因為覺得他只是迷失了。

我覺得，感情裡往往沒有絕對的對與錯，很多時候，都有身不由己，和在無意間，因為無法控制自身情感，而去傷害到別人的真實例子。

一個朋友跟我說過，如果感情可以由得了自己，或許很多難過就都不會發生，很多選擇，也能不必經歷波折。

可偏偏，人是情感動物，很難不隨自己的情感、私慾，做出許多感性的傻事。

而在故事裡，楊朵朵和邵彥文又是兩個太相像的人，即便相處起來自在，但就會少了那麼一點吸引力和火花，不見得會是適合對方的人。

讓楊朵朵遇到一個與她性格南轅北轍的男主角——白逸，是我一開始就決定好的，只是沒想到，寫著寫著，不小心害他被朵朵拒絕太多次，成為我創作截至目前為止，某程度來講最「悲情」的男神。

本來我還擔心，姊弟戀的設定會不太討喜，幸好白逸的魅力值夠高，還是讓讀者們忍不住入坑了，謝謝大家。

至於配角CP蕭芷綺跟周治平，我一直很喜歡他們這對，周治平雖然在感情方面有些低情商，但他對蕭芷綺是無私包容的。可惜因為我擔心放太多劇情篇幅在他們身上，會搶走主角光環，所以沒有太多發揮，不過，還是很謝謝大家對他們的喜愛。

這一路創作以來，最開心的，莫過於聽見讀者說，在看我故事的過程中，感覺自己也跟著主角們一同成長了，對我而言這是最大的鼓勵和肯定。

希望我的故事，能讓大家在平淡的生活中，找到一些小確幸，以及屬於自己的美好。

明天以後，讓我們一起，遇見更好的自己吧！

米琳

國家圖書館出版品預行編目資料

明天，我想和你談戀愛 / 米琳作 . -- 初版 . -- 臺北市：
POPO 出版：家庭傳媒城邦分公司發行，民 109.11
面；　公分 . -- (PO 小說；51)
ISBN 978-986-99230-4-0(平裝)

863.57　　109016198

PO 小說 51

明天，我想和你談戀愛

作　　者／米琳
企畫選書／簡尤莉
行銷業務／林政杰
責任編輯／簡尤莉、吳思佳
版　　權／李婷雯
總 編 輯／劉皇佑

總 經 理／伍文翠
發 行 人／何飛鵬
法律顧問／元禾法律事務所　王子文律師
出　　版／城邦原創 POPO 出版　城邦原創股份有限公司
台北市中山區民生東路二段 141 號 6 樓
電話：(02) 2509-5506　傳真：(02) 2500-1933
POPO 原創市集網址：www.popo.tw　POPO 出版網址：publish.popo.tw
電子郵件信箱：pod_service@popo.tw
發　　行／英屬蓋曼群島商家庭傳媒股份有限公司城邦分公司
聯絡地址：台北市中山區民生東路二段 141 號 11 樓
書虫客服服務專線：(02) 25007718．(02) 25007719
24 小時傳真服務：(02) 25001990．(02) 25001991
服務時間：週一至週五 09:30-12:00．13:30-17:00
郵撥帳號：19863813　戶名：書虫股份有限公司
讀者服務信箱 email：service@readingclub.com.tw
城邦讀書花園網址：www.cite.com.tw
香港發行所／城邦（香港）出版集團有限公司
地址：香港灣仔駱克道 193 號東超商業中心 1 樓
email：hkcite@biznetvigator.com
電話：(852) 25086231　傳真：(852) 25789337
馬新發行所／城邦（馬新）出版集團 Cité(M)Sdn. Bhd.
41, Jalan Radin Anum, Bandar Baru Sri Petaling,
57000 Kuala Lumpur, Malaysia.
電話：(603) 90578822　傳真：(603) 90576622
email：cite@cite.com.my

封面設計／ Gincy
印　　刷／漾格科技股份有限公司
經 銷 商／聯合發行股份有限公司
電話：(02) 2917-8022　傳真：(02) 2911-0053

☐ 2020 年 (民 109) 11 月初版　Printed in Taiwan.
☐ 2022 年 (民 111) 4 月初版 3 刷

定價／ 250 元
 ISBN 978-986-99230-4-0